眠れなくなる　怪談沼

実話　四谷怪談

川奈　まり子

講談社

眠れなくなる怪談沼
実話四谷怪談

目次

第三章　『東海道四谷怪談』のお岩さま

第四章　伝承と信仰に息づくお岩さま

終章　「四谷怪談」これから

装幀・デザイン　Keishodo Graphics
（竹内　淳子）
校閲　田村　和子

※各章のあらすじは参考資料（P207）をもとに制作した本書オリジナルのものです
※登場人物の名称は諸説ありますが、できる限り現存する公式資料を参照したうえで、通説を採用しています

序章　「四谷怪談」を紐《ひも》解《と》く

夏祭りで化けたなら

子ども会の夏祭りは、六色絵の具の「あお」一色で塗《ぬ》りつぶされた空の下で始まった。

その年の八月、東京の多摩地域では、三日間しか雨が降らなかった。夏祭り当日、午前六時の天気予報ではお昼頃から曇《くも》ると言っていたけれど、公園の木立《こだ》ちの端から入道雲がもくもく湧《わ》いてきただけだった。

八月二週目の土曜と日曜に公園の広場で行われる夏祭りを、私はどんなに愉《たの》しみにしていたことだろう。

一九七四年のあの頃、私は小学六年生で、今年で都営アパートの子ども会を卒業しなければいけなかった。縦割り班のリーダーを務めるのはこれが最初で最後だ。班ごとに出し物を決めて二ヵ月前から準備した。うちの班の出し物はお化け屋敷で、私はお岩さんに仮装することになった。みんなで工作した段ボールの迷路に隠れて、来た人を脅《おど》かすのだ。

衣装はいつもの浴衣《ゆかた》で構わないだろうと思っていたら、肩上げしてある子どもの浴衣に兵児帯《へこおび》では座敷わらしになってしまうと母が言い、古い浴衣と半幅帯を貸してくれた。

会場となる公園は、私たちが住む都営アパートの建物の隣にあったから、すっかり格好《かっこう》を仕上げて行くことにした。

「芳美《よしみ》ちゃん、お化け屋敷が終わったらヘアゴムで髪を結びなさいね。汗疹《あせも》ができちゃう」

わかった、と、母におざなりに返事をしながら、洗面所の鏡に映る自分の顔を観察した。ちんまりした鼻と奥二重《おくぶたえ》の瞼《まぶた》が不服だった。十二歳にしては大人びているとよく言われる卵形の輪郭も私の理想からは程遠い。テレビの歌番組《レッツゴーヤング》で見るアイドル歌手たちは丸顔で目がパッチリしていた。桜田淳子や浅田美代子や、スクールメイツの女の子たちは、みんな頰っぺたがふっくらした可愛い顔立ちなのだ。

「はい、できた。どう？　お腹、苦しくない？」

うんと答えながら横を向いて鏡に帯を映してみた。

変わった形に結んであると思っていたら、「吉弥《きちや》結び」と母が言った。ちょっと待ってと言いながら手早く黒い帯締《おびじ》めを結んでくれた。それだけでぐんと大人っぽくなった。

「こうすれば、少しぐらい暴れても帯が緩まないから。お化粧はどうするの？」

母がはしゃいだ表情で、私の横に顔を並べて、鏡の中で目を合わせてきた。

「昔から〝色が白いは七難隠す〟と言ったもんだけど、本当だわ。あんたの肌は一生ものの財産よ。遺伝の賜物《たまもの》なんだから、お父さんとお母さんに感謝しなさい」

「肌なんて誰でも一緒じゃん。二重《ふたえ》のほうが良かったなぁ」

「わかってないわねぇ。目なんて化粧でどうとでもなるのに。そうそう、目と言えばお岩さんよ。右目の周りに痣《あざ》を描けばいいの？　眉毛を消すとお化けっぽくなるわよ」

母は最初から、私に化粧をしてみたかったのだろうと今ならわかる。あのとき母は生き生きしていた。私は晩稲《おくて》な少女だった。人形遊びのようなもので、さぞ弄《いじ》り甲斐があったであろう。

母は、私に目を閉じているように言い、顔中に何かを塗ったり、細いブラシで何か描いたり粉をはたいたりと、ひとしきり作業した。

「もういいよ」と言われて目を開けると、鏡に右側の顔面を赤黒く爛《ただ》れさせた顔が映っていた。眉毛と唇が塗りつぶされ、頬が蒼白く塗られているのと相まって、迫力があった。

公園がうんと近くなければ、こんな顔で出掛けるのは考えられない――と、そのときは思った。

私のお岩さんは大好評だった。段ボールのお化け屋敷でさんざんお客さんを脅《おど》かした後、その格好のまんま、輪投げや水風船釣りや何か、他の班の出し物を冷やかして歩いてみんなの反応を愉しんだ。

夜は広場にテントを張ってお泊まり会をした。今より万事おおらかな時代だったから、キャンプファイアーや花火もして、目一杯愉しんだ。

蒸し暑い日だったが、子ども会の会員児童六十人あまりとその両親やきょうだい、ボランティアの大学生十数名と近隣の人々が参加して、総勢百何十名か集まったように思う。

外国人の家族も、ちらほら遊びに来ていた。

福生《ふっさ》は基地の町だ。市域の三分の一が在日米軍横田基地に占められている。七〇年代の当時は、今よりアメリカ色が強かった。周囲の住宅街には、米軍ハウスと呼ばれる小さな平屋の一戸建てがポツポツ残っていた。ヒッピーが住んでいるという話を耳にしたことがあっても、小学生の私とは接点がなかった。

その頃の私が行く所といったら、小学校と二、三の公園と図書館、あとは近所の同級生の家ぐらいのものだった。

移動手段はもっぱら自転車で、それから三週間後の日曜日、市の図書館へ本を返しに行くときも自転車に乗っていった。

図書館までは自転車なら片道約三、四分で、通い慣れた道だった。図書館の門のところにある急傾斜のスロープも、いつも難なく自転車に乗ったまま上り下りしていた。

それなのに、その日に限って、帰るときにそのスロープで酷《ひど》く転んでしまった。

どういうわけか、前輪が足払いでも掛けられたかのように急に横滑りした。ハッとした次の瞬間には顔の右半面から地面に叩きつけられ、そのまま熱いアスファルトの上をズズッと滑り落ちた。

顔の右側に生じた灼熱感《しゃくねつかん》が、すぐに激しい疼痛《とうつう》に変わった。右目が開けづらく、あまりの痛さにあふれた涙が頬の傷に染《し》みると、これがまた針が突き刺さったかのよう。

泣きべそをかきながら自転車で家に帰ると、母に驚かれた。

「あらあら、お岩さんみたいな顔だ！」

それを聞いて恐ろしくなり、私は、またひとしきり大泣きした。

結局、母は医者に診《み》せるほどの怪我でもないと判断し、傷をよく洗って赤チンを塗っただけで、良しとした。

洗面所の鏡で自分の顔を見たときは、夏祭りでお岩さんの仮装をしたときにあまりにも似ていたので背筋が寒くなったものだ。

ヒリヒリと痛む上に、二学期が始まると、心ない同級生たちに散々からかわれた。

「夏祭りでお岩さんの真似《まね》をしたからバチが当たったんだよ」

「ギャーッ、お化けが来たぞぉ」

恥ずかしくて辛かった。前髪を垂らして顔を隠そうとしても、母に「傷が悪くなるよ。化膿《かのう》すると痕《あと》が残るよ」と脅されると、それも怖くてできない。

いっそのこと学校を休ませてくれと言って、初めの一週間ぐらいは、毎朝、玄関で両親と揉《も》めた。ついに私が、「こんなことになるんだったら、お岩さんなんかやるんじゃなかった。どうして止めてくれなかったの？」と言うと、父と母は顔を見合わせ、揃って苦笑いした。

「偶然に決まってるだろう。芳美のそれは、転んで擦《す》りむいただけじゃないか」

「そうよ。大袈裟《おおげさ》ねぇ。赤チンをつけておけば、そのうち治るから大丈夫」

昔は擦り傷には赤チンを塗るものと決まっていた。三年ぐらい前に無色透明で染みない傷薬《きずぐすり》、白チンことマキロンが発売されていたけれど、母は赤チンを信奉していた。

赤チンも効かないわけではなかったのだろうが、塗ったところの肌が真っ赤に染まってしまうのが厄介な点だった。瘡蓋《かさぶた》ができて傷口が黒ずんでくると、右目の周りが広い範囲で赤と黒のまだらになって、道ですれ違う人に二度見されたり指さされたり、そうかと思うと目を逸《そ》らされたりと、傷が治るまで三週間あまり、悲しい思いをする羽目になった。

翌年の子ども会には、お客さんとして遊びに行った。同じ町内に住む幼馴染《おさななじみ》の由花《ゆか》ちゃんから「お化け屋敷をするから来てね」と頼まれたのだ。

由花ちゃんは一つ年下だったから、去年の私と同じように、子ども会最後の夏祭りとあって張り切っていた。行ってみると、由花ちゃんもお岩さんに扮《ふん》していたので驚いた。

家に帰って、母に「由花ちゃんもお岩さんをやっていたよ」と報告したら、「お化けと言えばお岩さんだから、みんな同じになっちゃうのね」と笑っていた。

それだけなら、どうということもない話だ。

ところが、しばらくして由花ちゃんが、一年前の私とそっくりに、顔の右側を手酷く擦りむいた。しかも同じ場所で自転車で転んだせいだという。

由花ちゃんは私よりもさらに色が白くて愛くるしい顔立ちだったから、右目の周りが赤チンと瘡蓋だらけになると、よけい惨《むご》たらしく見えた。

彼女の母親はうちの母の遠縁だったので、母親同士で何か話したようだった。

「たとえ子どもでも不用意にお岩さんの真似をしてはいけないのかしら。歌舞伎や映画で四谷怪談を演《や》るときには、役者さんたちは必ずお岩さんの神社やお墓をお詣《まい》りするんですってね」などと、母が今更ながら怖そうに言っていたものだ。

それから二十年近くの後《のち》、三十二歳のとき、盆の入り日の八月十三日の未明に全身が熱くなって目が覚めた。すると、その二、三時間後に高校のときの同級生の訃報《ふほう》が届き、亡くなった時刻がどうやら私が変な目覚め方をしたちょうどその頃だとわかった――ということがあった。

死んだのは、私立の女子高でいちばん仲が良かった子だった。

彼女は、たしか二十歳のときに、多摩川の河川敷で石を拾ったと言っていた。

河原で石と目が合った気がして、どうしても欲しくなって自宅に持ち帰った、と。

その直後に母が倒れ、病院で診察したところ末期癌《がん》だとわかり、一週間ほどで急逝《きゅうせい》してしまったと話し、「それはあの石のせいなんだよ」と、真剣な顔で私に告げたのだった。

私はそんなことは信じなかったが、それからも彼女の不幸は止まらず、胡散《うさん》くさい新興宗教に入信して大金を巻き上げられたり、就職に失敗したりした。その挙句に精神を病んで、とうとう鴨居《かもい》にロープを掛けて首を吊ったのだ。

彼女が死んでから、問題の石を捨てたという話は一度も聞いていないことに思い至った。

首吊り自殺をした彼女のそばに、もしも件《くだん》の石がまだあったら……と想像したら鳥肌が止まらなくなってしまった。


――偶然と祟《たた》りの境目はどこにあるのだろう。


つい先日も、ある怪談師が、明くる日の催《もよお》しで「四谷怪談」の話をしようと思っていたら、一晩で右目が腫《は》れあがってしまったと言っていた。

昔あんなことがあったので、私は度々、四谷の於岩稲荷田宮神社《おいわいなりたみやじんじゃ》にお詣りしてきた。

初めて行ったときに、禰宜《ねぎ》さんから、本当のお岩さんは、私や由花ちゃんが仮装したような姿をしていらっしゃらなかったし怨霊《おんりょう》になったというのも創り話だと聞いた。

お岩さんは、私たちが嘘を真《まこと》のように捻《ね》じ曲げたからお怒りになったのだろうか。

私がお岩さんに、心の中で真剣に謝ったのは言うまでもない。そのおかげかどうか、今までつつがなく生きて、結婚してから生まれた一人娘も無事に社会人になっている。

一昨年前、娘が赴任《ふにん》していたアメリカから帰国して都心のオフィスで働くことになり、通勤しやすい住まいを見つけたと言うので場所を訊いたところ、田宮神社のそばだった。

娘は田宮神社のことをまったく知らず、私が昔から何度も参拝していると話したら目を丸くしていた。そこで、夏祭りのことや高校時代の親友が拾った石のことも娘に打ち明けたのだが、現代っ子にとっては古臭い話ばかりで、理解してもらえたような気がしない。

でも、私に付き合って一緒にお詣りに行ってくれた。

それは実は御礼詣りでもあったのだが、私がどんな願掛けをしていたか、娘に教えるつもりはない。ちなみに両親は高齢だが健在で、孫娘が帰ってきたことをとても喜んでいる。

一、本書の歩き方

ひと言で言えば、これは、「四谷怪談」にちなんだ実話怪談をお愉《たの》しみいただくと同時に、「四谷怪談」とお岩さまの伝承をご紹介する本である。

「四谷怪談」の世界は奥が深く、切り口によって何通りもの解釈が並列しつつ成り立つ。よく知られた物語や伝承の他に、傍流や支流も数えきれないほどある。これまでの研究者さんたちによる二次資料だけでも膨大な量で、読み込むのに約半年を要したが、まだ読んでいない論考も少なくないはずだ。かと言って、知り得たすべてを陳列しても面白い読み物になるとは思われず、また、従来の拙著をはじめとする〃怪談本〃の愛読者の皆さんの期待にも応《こた》えられなくなってしまうだろう。

そこで、本書では、古典的な「四谷怪談」のバリエーションを時系列に沿って把握しながら、「四谷怪談」にかかわる実話や、一幕を切り取った新作怪談をお愉しみいただけるように工夫した。

① 怪談　　怪異の体験者を取材して書いた実話怪談
② 解説＋考察　「四谷怪談」の理解を助ける解説＋お岩さまに焦点を当てた考察
③ 怪談　　①と同様の実話怪談、または「四谷怪談」のオマージュ怪談

この三項目を一章ごとに繰り返すシンプルな構成にした。項目ごとの独立性が高く、各項短めなの

で、頭から順にページをめくっても、まずは怪談だけ拾い読みして、後《のち》に解説などを読まれても、もしくはその逆の順番で読んだとしても、差し支えがないと思う。

すべて書き下ろしで、実話怪談については、川奈まり子名義のSNSで二〇二二年の六月頃から十一月頃まで「四谷怪談」と関係がある怪異の体験者を募集した上で、応募者を実際にインタビューし、適宜《てきぎ》、必要な取材や調査を追加した上で綴《つづ》らせていただいた。本書の実話群は、何世紀も前の「四谷怪談」が今も息づいている証である。一話目（P6）は、都内近郊に生まれ育った六十一歳の女性（仮名・芳美さん）からお聴きした。尚《なお》、実話に登場する個人のお名前は基本的に仮名とさせていただいた。

——そういうわけで、これはお好きなところから気軽に読んでいただける本なのだが、読了後に「四谷怪談」を極《きわ》めたくなる読者さんが生まれたら、それはそれで、とても嬉しく思う。

二、「四谷怪談」とは

「四谷怪談」といえば、昨今は、顔が崩れた女の幽霊を思い浮かべる方が多いのではないか。それはお化け屋敷でお馴染《なじ》みのイメージであり、白い着物や三角頭巾、「怨《うら》めしやぁ」と言いながら両手を前にだらりと下げた格好とセットになっている。

本や映像で「四谷怪談」に触れたことがない小学生でも、化けて出た後のお岩さまの姿はなんとなく知っている。十代二十代の若者になると、大半の人は何かしら関連するものを見聞きしたことがあって、「お岩さまが伊右衛門《いえもん》という悪党に復讐《ふくしゅう》する話」といったストーリーの大筋は捉えている。歌舞伎ファンなら『東海道四谷怪談』の物語を熟知されているかもしれない。歌舞伎が世間に与えてきた影響は非常に大きく、一般に、「四谷怪談」は『東海道四谷怪談』の略称だと思われている節もある。また、常識テストに強い方なら「『皿屋敷《さらやしき》』『牡丹燈籠《ぼたんどうろう》』と並ぶ日本三大怪談の一つ」あるいは「元禄時代の江戸を舞台にした怪談で、作者は四世鶴屋南北《つるやなんぼく》」などと回答されるだろう。

あるいは、漠然と「祟《たた》り」を連想する向きもあると思う。ストーリーをよく知らなくても、怨めしそうなお岩さまの姿を見た者であれば誰しも祟りを畏《おそ》れる心を持ちうる。そのため今日に至るまで「四谷怪談の映画を見た後で不思議な現象に遭遇した」「田宮家のお墓に行ったら奇妙なことが起きた」といった新たな怪談が発生しつづけている。「四谷怪談」を舞台に掛ける前に出演者はお岩さまに所縁《ゆかり》の神社やお寺を参詣しなければいけないというジンクスもあり、歌舞伎『東海道四谷怪談』の大舞台の前には主演する歌舞伎役者が参拝する姿が必ず報道される。

つまり「四谷怪談」が、三百年にわたって日本人に愛されてきたことは揺《ゆ》るぎない事実なのだ。

ところが「四谷怪談とはどういうものなのか」と追及されたら、いかがだろう？　正直を申せば、古典怪談好きを自認してきた私にも、ちゃんと答える自信がなかった。しかしこの度あらためて学ぶ機会を与えられ、一年近く「四谷怪談」漬けになって取り組んできて、多少なりとも把握できたと思うので、その成果を皆さんと分かち合いたいと思う。

実は、明治時代以前に成立した古典だけでも「いわゆる四谷怪談」がいくつも存在する。しかも、どれも内容が異なる。もとは実際に起きた事件だったと言われるが、「本当にあった」と謳《うた》うものも一つではない。近年の研究でそれぞれの創作時期が明らかになってきおり、数多《あまた》ある亜種《あしゅ》やオマージュを省いて大別すれば「いわゆる四谷怪談」は次に挙げる四つに絞られる。

①　**『四ッ谷雑談《ぞうだん》集』**
一七二七（享保十二）年の奥付を持つ写本あり。唐来山人《とうらいさんじん》作『模文画今怪談《もじもんがこんかいだん》』（一七八八年）といった複数の後発作品の種本になったとされ、実録を謳っている。著者は不明。

②　**『四谷怪談』講談（講釈）と落語**
講談については、年代不明ながら、四世鶴屋南北より先に完成していたとする説が有力。落語の「四谷怪談」は一八二六（文政九）年生まれの三代目麗々亭柳橋《れいれいていりゅうきょう》こと春錦亭柳桜《しゅんきんていりゅうおう》が講談をもとに改作したと言われている。

③　**『東海道四谷怪談』**
四世鶴屋南北作。一八二五（文政八）年に中村座で初演。先行する「四谷怪談」の他に、巷間《ちまた》のさまざまな怪談や事件の話を取り入れつつ、時代物の『仮名手本忠臣蔵《かなでほんちゅうしんぐら》』の外伝という体裁を取った全五幕の歌舞伎狂言。

④　**『於岩稲荷由来書上《おいわいなりゆらいかきあげ》』**
一八二七（文政十）年に発表された『文政町方書上《まちかたかきあげ》』の『四谷町方書上』の附録で、公文書《こうぶんしょ》の体裁をとっていたため三田村鳶魚《えんぎょ》（昭和二十七年没）はじめ近年の研究者に重視されてきた。田宮又左《またざ》衛門《えもん》の死去から伊右衛門の婿入りまでを一六八四〜八八年（貞享年間）のこととしているが、『四

ッ谷雑談集』の作成時期が判明した現在は、信憑性が疑問視されている。さらに寺社の縁起も複数存在し、お岩さま像や話の筋がそれぞれ異なる。

①《於岩稲荷田宮神社《おいわいなりたみやじんじゃ》 社伝》

江戸の貞享年間（一六八四〜元禄元年にあたる一六八八年）に起きた四谷左門町の田宮家夫婦にまつわる美談。お岩さまの勤勉さと稲荷信心により家が再興、稲荷を祀《まつ》る屋敷神《やしきがみ》が近隣の人々の信仰を集めた。

②《妙行寺《みょうぎょうじ》 由緒》

一六三六（寛永十三）年二月二十二日にお岩さまが逝去《せいきょ》し、田宮家の菩提寺《ぼだいじ》である妙行寺に葬られた。お岩さまは夫・伊右衛門に虐待を受けており、死後、田宮家ではわざわいがつづいたが、妙行寺の四代目住職・日遵上人《にっそんしょうにん》が田宮家の因縁を取り除いた。

これら六種類の「四谷怪談」があり、どれもストーリーが違うのである。本書では、こうした古典的四谷怪談を「いわゆる四谷怪談」の源泉や本流とし、あらすじ・解説・考察を通じて、それぞれのおおまかな内容をなるべくわかりやすくお伝えするように努めたいと考えている。

「四谷怪談」に触発された新しい作品は、小説、漫画、映画、テレビドラマ、舞台芸術とジャンルも多岐にわたって数多い。そして、それらは全部、いずれかの古典的四谷怪談を源泉もしくは本流に持つ。たとえば、京極夏彦《きょうごくなつひこ》氏の小説『嗤《わら》う伊右衛門』の源泉は、主に『四ッ谷雑談集』である。また、三池《みいけ》崇史《たかし》監督の映画『喰女―クイメ―』は『東海道四谷怪談』をモチーフにしている。

　その他にも「四谷怪談」をヒントにした表現物は数えきれず、今後も生まれてくるだろう。源泉や本流を知ることによって、それらをより面白く鑑賞することも可能になるはずだ。

三、お岩さまの人物像と衣食住

　お岩さまは、『皿屋敷』のお菊や『累ヶ淵《かさねがふち》』の累《かさね》と並ぶ江戸三大幽霊の一人である。しかしながら彼女は、おそらく実在した人物だとされており、東京都豊島区の妙行寺に墓が、生家跡にある新宿区の於岩稲荷田宮神社に子孫が、それぞれ本当に存在している。

　最も一般的な「四谷怪談」の解説は「元禄時代に田宮家で起きた事件をもとにしている」というもので、その根拠は田宮家に伝わる伝承と『四ッ谷雑談集』にある。田宮家では、一六八四年から元禄元年に相当する一六八八年頃にかけて田宮伊右衛門と岩の夫妻に起きた出来事から於岩稲荷が発祥したとしている。また、同家の社伝では伊右衛門とお岩さまは仲睦まじく暮らしたとされ、お岩さまの顔については何も特記されていない。

　ところが、妙行寺の由緒では、お岩さまは伊右衛門に虐げられた末、元禄より半世紀も前の一六三六（寛永十三）年に三十六歳で死没したとしている。ただし、こちらも寺が所蔵するお岩さまの木像は健やかな容貌で、おどろおどろしいお化けのイメージは微塵《みじん》もない。

実在したとしながらお岩さまの顔を恐ろし気に描いているのは、一七二七（享保十二）年の表記がある『四ッ谷雑談集』と、一八二七（文政十）年の『於岩稲荷由来書上』だ。『四ッ谷雑談集』には、お岩さまは独身のうちに疱瘡《ほうそう》によって醜く変貌し、しかる後に伊右衛門と結婚したが姦計《かんけい》に陥《おとし》れられて離縁し、二十二、三歳で奉公先から失踪したと書かれている。実在した人物・御先手鉄砲組組頭《おさきててっぽうぐみくみがしら》の三宅《みやけ》弥次兵衛《やじべえ》正勝《まさかつ》の名前がお岩さまの父の上司として記されていて、弥次兵衛正勝は一六六三（寛文三）年まで在任したことがわかっている。従って、元禄時代よりもひと昔前の話ということになりそうだ。

また、於岩稲荷田宮神社と妙行寺では、お岩さまは人品《じんぴん》卑しからぬ方だったと主張する。『於岩稲荷由来書上』も疱瘡のせいで元から醜貌《しゅうぼう》であったとしている。

こうしたことから、①お岩さまは江戸初期から中期（寛永～享保時代）の人だった　②ふつうの顔をしていた可能性がある　③顔に問題があったとしたら疱瘡のせい　④性格が良かったか悪かったかは不明ながら良かったほうにやや軍配が上がる、ということがわかる。

ただし、どのソースにも一致している点が一つだけあり、それは物語が始まったときのお岩さまの年齢だ。伊右衛門と結婚したときのお岩さまは二十代で、結婚から一年あまりで離縁（失踪）するかもしくは、数年あまりで死ぬかしているので、とても若い。

つまるところ、「四谷怪談」のお岩さまが果たしてどのような女だったかは「意外と若かった」ということ以外は明らかではなく、かくなる上は各ソースに描かれているお岩さま像を分析し、鑑賞するしかないという状況なのだ。

そこで私は「どのお岩さまも誤りではない」と、ここに宣言する。つまり、『四ッ谷雑談集』にある実在したと思《おぼ》しきお岩さまにも、『東海道四谷怪談』の創り上げられたお岩さまにも、優劣をつけずに、人となりを考察するつもりだ。そのため本書には、さまざまなお岩さまが登場する。

一方、彼女の生家である田宮家については『東海道四谷怪談』を除く四谷怪談モノのほぼすべてにおいて、場所と肩書が統一されている。

まず、その場所だが、田宮家は現在の東京都新宿区四谷の左門町《さもんちょう》にあった。江戸初期には荒れ野原だったこの土地を、寛永時代に御先手組《おさきてぐみ》・組頭の諏訪左門《すわさもん》が開拓して組屋敷を造った。このことからここは「四谷左門殿町《さもんどのちょう》」と呼ばれてきたが、明治に入り左門町にあらためられたという。ちなみにご存じの方もいると思うが、組屋敷とは与力《よりき》や同心《どうしん》などが集まり住んだ屋敷地という意味である。おおざっぱに言うと道の両側に屋敷が数十から百軒あまりも建ち並んでいた。その合間には空き地もあった。同心の組屋敷には必ず一軒百坪の空き地が二、三軒分あり、見習い勤めをする同心の子息を住まわせることができたという。空き地がポツポツある住宅街で、お岩さまは生まれ育ったわけである。

では、どんな家に住んでいたのか？　江戸では、町家と武家は明確に区分けされ、武家は役によって家の広さもほぼ定められていた。御先手組与力の組屋敷の敷地が三百坪、住まいは五十坪だったのに対して、田宮家のような御先手組同心は百坪の土地に十二、三坪の家を建てて住んでいた。四十平方メートル前後の、昨今で言う狭小住宅《きょうしょうじゅうたく》を思い浮かべてほしい。

次に、お岩さまの生家《せいか》の暮らしぶりを想像してみよう。一家の家計を支えていた父・田宮又左衛門《またざえもん》はどんな人だったのか？　御先手組は、旗本を頭として与力と同心で組織されていた。御先手弓組と御先手鉄砲組があり、弓組・鉄砲組の各同心は平時から弓や鉄砲の鍛錬を欠かさなかった。というのも彼らは本来、戦《いくさ》に備える兵隊であり、若年寄に差配されて火付盗賊改《ひつけとうぞくあらため》に出向したり日頃から技術検分が行われたりしていたのだ。平和な世の中になり、羽織袴《はおりはかま》で出勤していたが、尚も少々、武張《ぶば》った集団であり、荒々しい振る舞いをする者も多かったらしい。

その一方で、御先手組同心には町同心のような役得が無く、薄給であるが故、貧しかった。年に三十俵三人扶持《ぶち》が家禄として支給されたというが、作家の小林恭二《きょうじ》氏は著書『新釈四谷怪談』の中で、これを現代の貨幣価値に置き換えると約百七十万円と推定している。

その代わりと言ってはなんだが、自由になる時間があった。金持ちの旗本から貧乏同心まで、御家人《ごけにん》は基本的に「三日勤」といって二日連勤したら一日休むことを繰り返す勤務体制だったのだ。貧しい御家人は休日には内職に励んだ。傘張り、植木や観葉植物の栽培など、各自でき得《う》る副職を持っていたわけで、本書の第一章で紹介する『四ッ谷雑談集』の田宮伊右衛門が与力の家で大工をした背景が察せられるというものだ。田宮又左衛門の子がお岩さま一人だった理由は、家計にゆとりが無かったからかもしれず、又左衛門が死んだ後の母と娘がたちまち困窮したことも推測できるのだ。

こんなふうに書くと、何か今日の日本社会でもよく聞く話のようだが、下級御家人が、士農工商のうちでも将来に希望を抱きづらい、苦しい立場に置かれていたのは間違いない。

食生活も貧しかったのではないか。小林恭二氏も先述した著作の中で触れていたが、身分の低い御家人に支給される米は虫だらけの古米《こまい》だったという説がある。俸給《ほうきゅう》の乏しさも食卓に反映されたであろう。歴史家の安藤優一郎氏は『江戸の給与明細』などの著作や雑誌コラムで度々、組屋敷に住む下級武士について言及されている。それによれば、支給される扶持米《ふちまい》は玄米だったため、彼らの中には精米代を節約するため自分で踏み臼《うす》を使って米を搗《つ》いた者もいた。札差《ふださし》に米を換金させる場合も多かったというが、いずれも困窮を窺《うかが》わせる話だ。さらに、組屋敷で燃料と食材や酒を共同購入・分配、味噌は自家製、野菜を庭で栽培するなど、家計の負担を軽減するために涙ぐましい努力をしていたとのこと。

副菜は味噌汁、漬物、野菜、豆腐か魚だったというが、田宮家のような組屋敷の家では豆腐と魚以外は自家製だったことが考えられ、お岩さまも家庭菜園の世話や、味噌や漬物作りに励んでいたかもしれない。なかなか大変そうだ。

しかし、どんなときでも人は装《よそお》うものである。父・又左衛門は勤めに出るときは羽織袴だったと先ほど書いた。お岩さまは、どのような着物を纏《まと》っていたのか？　彼女が生きた（と思われる）江戸初期の着物は、現在の着物とはだいぶ形が違う。歌舞伎の女形や、映画女優が演じる場合、お岩さまの衣装は江戸中期以降の着付け方をされているが、それとも大きく異なる。

江戸初期の着物は、身幅が広くてゆったりとしており、身丈は男女共に対丈《ついたけ》でおはしょりが無かった。江戸のごく初期には振袖は存在せず、袖は丈が短く、下辺に丸みをつけて、女物でも身八ツ口《みやつぐち》が綴《と》じられていた。また初期には、帯は女物であっても幅が二寸（約六センチ）ぐらいしかなかったが、だんだん幅広になり、それと同時に振袖が登場、身八ツ口もできてくる。帯は、最初は前や横で結んでいたが、帯幅が太くなるにつれ結び方も多様化し、延宝年間（一六七三～八一年）に、大人気の歌舞伎女形・上村吉弥《かみむらきちや》が帯を後ろで縦結びにして、垂《た》れ（帯の片方の端）を下に垂らす「吉弥結び」を流行《はや》らせた。当時活躍した絵師・菱川師宣《ひしかわもろのぶ》の代表作『見返り美人図』には、広幅の帯を腰の後ろで吉弥結びにして、振袖の着物を着ている女が描かれている。

一六八八年から始まる元禄時代の頃には、着物の裄《ゆき》（背縫いから袖口までの長さ）や丈が長いものが好まれるようになった。また着物の生地は、江戸時代の初め頃は、麻から木綿へと主流が変化する過渡《かと》期《き》だった。木綿《もめん》が流通するにつれ、庶民が縞《しま》や格子《こうし》といった柄物《がらもの》を着るようになった。絹物は贅沢品《ぜいたくひん》だったが、豊かな者は、さまざまな意匠《いしょう》の織り文様や刺繍《ししゅう》を施した着物を着ていた。金糸を多用したり、大胆で華美な色柄の着物が登場し、友禅染など多くの染色や織物の技術も確立していった。

お岩さまが贅沢《ぜいたく》な絹物を何着も持っていたとは思えない。一枚ぐらいは晴れ着を持っていたかもしれないが、日頃は地味な木綿の着物を着ていただろう。その頃の貧しい庶民と同じように、古着を買ったり、継《つ》ぎを当てて着たりしていたのではあるまいか。そんな着物をゆったりと纏《まと》い、腰骨の位置で帯を締めていたことが推測できる。

髪型は、どうだったろう？　私たち現代人が「日本髪」と聞いてすぐ思い浮かべる、鬢《びん》（こめかみから側頭部にかけて）の毛を横に大きく張り出させた髪型は、お岩さまの時代にはまだ考案されていない。鬢付け油はすでに一般化して島田髷《しまだまげ》、勝山髷《かつやままげ》、笄髷《こうがいまげ》といったさまざまなデザインの結髪《ゆいがみ》が定着していたが、鬢の毛はあまり横幅を出さず、基本的に後方に撫でつけて、頭の後ろに髷を結っていたから、いわゆる日本髪と比較すると地味で大人しく感じるかもしれない。

人間の女としてのお岩さまを考察するのも本書の目的の一つなので、姿形と暮らしぶりを描くことは必須であると考えた。お岩さまの衣食住が、おおよそ想像できたのではないかと思う。

四、コロナ禍を経験して想う、お岩さまの江戸

　京都産業大学経済学部教授の並松信久《なみまつのぶひさ》氏が二〇二一年に同大学日本文化研究所で発表した研究論文『癒しと共生の系譜―江戸時代の感染症対応』によれば、江戸時代には天然痘《てんねんとう》、麻疹《はしか》、水疱瘡《みずぼうそう》は「御役《おやく》三病《さんびょう》」と呼ばれて恐れられていた。どれも伝染病で、一回罹《かか》れば後の一生は感染せずに済むが、当時は死亡率が高かった。幼いうちに軽症で切り抜けるのが、子どもの「御役目」だから、御役三病というわけだ。疱瘡すなわち天然痘が容貌に及ぼす影響と、麻疹で命を落とす者が多かったことから、「疱瘡は見目《みめ》定め、麻疹は命定め」という言葉もあった。

　疱瘡は飛沫《ひまつ》感染し、発症すると、高熱と共に全身の皮膚に発疹《はっしん》が現れる。発疹は、丘疹《きゅうしん》、水泡、化膿した膿疱へと推移し、快復期になると瘡蓋《かさぶた》になって剝《は》がれる。化膿する時期に重症化した場合、目立つ痘痕《あばた》が残ったり、失明したりする危険性がある。疱瘡は「松皮疱瘡《まつかわぼうそう》」と称されることがあるが、これは快復期に瘡蓋が松の樹皮のように重なり合うことに由来していた。

　お岩さまはこの被害を受けたのだ。彼女が生まれた十七世紀の一世紀の間だけでも、江戸では四回も疱瘡が大流行した。疱瘡の流行は江戸に限らず全国で起こり、その後、一八五七（安政三）年から五年間、長崎海軍伝習所に医学教授として務めたポンペ・ファン・メールデルフォールトは「日本ほど痘痕のある人が多い国はない。住民の三分の一は痘痕があるといってよい」と書いたという。痘痕で済めばまだしも死ぬ割合が高く、そのため疱瘡神《ほうそうしん》が創られて畏れられたり、疱瘡から人々を守るとされる瘡守《かさもり》

稲荷《いなり》や瘡神神社《かさがみじんじゃ》が全国各地に建てられたりした。

江戸時代には、二〇二〇年から流行し世界的に蔓延した新型コロナを想起させるようなパンデミックも何度もあった。『四ッ谷雑談集』は享保十二年に書かれたとされているが、江戸の町では一七一六（享保一）年に熱病が大流行して、一ヵ月で八万人以上もの犠牲者を出した。この病気の正体はインフルエンザではないかと現在は推定されている。徳川家宣《いえのぶ》及び吉宗《よしむね》の側近・室鳩巣《むろきゅうそう》の書簡集『兼山麗沢《けんざんれいたく》秘策《ひさく》』第三巻（早稲田大学図書館蔵）には、棺、火葬用の薪や埋葬地が不足し、「頃日者《ひごろ》軽き者《かるきもの》ハ大方菰《こも》に包《つつみ》候《そうろう》而《すなわち》築地品川の海へ水葬ニ仕《し》候《そうろう》」と書かれており、つまり庶民の遺体の大半を菰《こも》に包んで築地や品川の海へ水葬することになったという……。いかに悲惨な状況だったか想像がつく。

『四ッ谷雑談集』を病気を軸に捉え直すと、最初から最後まで病のオンパレードで、病気への恐れが書かせた本なのではないかと思うほどだ。お岩さまの父の眼病から始まり、次にお岩さまが疱瘡に罹患《りかん》するのだが、この物語の中で亡くなる人々の死因一位は熱病である。親子が揃って高熱を発して死んでいくなど感染性を匂わせることも書かれている。伊右衛門も、小さな切り傷が化膿して壊疽《えそ》が広がり、全身状態が悪くなって死亡する。

――令和五年現在、日本では、三十年来停滞する景気にコロナ禍が拍車を掛け、貧困層が拡大したと言われている。戦乱が遠のいて大衆文化が花開いた元禄時代は、お岩さまが属する下級御家人の世帯が貧困化していった時期でもある。こうした事実を踏まえると、疫病が猖獗《しょうけつ》する〝貧しいお岩さまの江戸〟に思わず既視感《きしかん》を覚えるのは私だけはないだろう。

第一章　『四ツ谷雑談集《ぞうだんしゅう》』のお岩さま

師匠の巻物

「四谷怪談」といえば昔から歌舞伎と講談が有名で、落語版はあまり知られていない。

落語の怪談には三遊亭圓朝《さんゆうていえんちょう》作の『真景累ヶ淵《しんけいかさねがふち》』や『牡丹灯籠《ぼたんどうろう》』といった名作が数々あり、「四谷怪談」が無くとも落語好きの面子《めんつ》が立たなくなるわけでもないから、「四谷怪談」の落語などというものは存在しないと言う人もいる。

しかし実は、落語の「四谷怪談」が無いわけではない。速記本も国会図書館に存在する。

作者は、幕末に近い一八二六（文政九）年生まれの、三代目麗々亭柳橋《れいれいていりゅうきょう》こと春錦亭柳桜《しゅんきんていりゅうおう》。

柳桜は講談の『四谷怪談』を改作口演して人気を博した。

平凡社の『古今東西落語家事典』に当時の雰囲気が伝わる逸話があったのでご紹介する。

《柳桜があるとき四谷稲荷に参詣せずに『四谷怪談』を演じたところ、寄席《よせ》の天窓がひとりでに開いたので騒ぎになり、中止した。これが評判を呼び、翌日お詣《まい》りをして上演し直したら客が押し寄せた》

ここで四谷稲荷と呼ばれているのは、現在の於岩稲荷田宮神社《おいわいなりたみやじんじゃ》のことだ。『四谷怪談』を演《や》る前にお詣《まい》りしないと祟《たた》られるというジンクスが、そんな昔からあった次第だ。

この柳桜、暉峻康隆《てるおかやすたか》作『落語の年輪』によれば、襲名は一八五二（嘉永五）年で、改名後の一八七五（明治八）年、東京初の噺家《はなしか》団体「睦会《むつみかい》」が発足すると頭取に就いた。

　そのとき数えで五十歳。ちなみに落語界の中興の祖にして怪談王の三遊亭圓朝は当時三十六歳で、睦会の相談役になったという。残念ながら柳桜の後世の評価は圓朝には比べるべくもなく、「四谷怪談」についても、圓朝の作ったパロディ的な創作落語（アルコール依存症の伊右衛門《いえもん》がお岩さまの幻覚を見る話）こそが落語の「四谷怪談」だとまことしやかに伝えられる始末である。当時の柳桜は圓朝より偉い大看板であったはずなのだが。

　彼は、柳家《やなぎや》や春風亭《しゅんぷうてい》でお馴染《なじ》みの柳派《やなぎは》で、長尺の噺に定評があり、歌舞伎の世話物《せわもの》『髪結新三《かみゆいしんざ》』の原作は、柳桜の人情噺『仇娘好八丈《あだむすめこのみのはちじょう》』だという。

　ともあれ柳桜の頃から、噺家は「四谷怪談」を演じてきたのだが、とある落語の師匠は、柳桜の速記本とは違う、新たな「四谷怪談」を模索したようだ。

　――夏の盆入りに親に連れられて寄席《よせ》で聴いたのが運の尽きで、元哉《もとや》さんはたった五歳で落語に魂《たましい》を奪われてしまった。だからもう落語歴は十年になると自分では思うのに、野良猫も同然にシッシッと追い払われ、釈然とせず、翌日も師匠の家を訪ねたのだった。

　一九九一年の七月下旬のことである。

「昨日も言ったけど師匠はお忙しいんだ。そもそも子どもにはお会いにならないよ」

　弟子と思われるが浅草の寄席では見たことのない若者に、またしても追い出されそうになり、この春入ったばかりの都立高の学生証を急いで取り出した。

「子どもじゃないです。高一になりました。十五です」

「子どもだよ。どれ、見してみろ。……へえ、良い学校じゃないか。真面目に勉強しなさいよ。師匠だって同じことを仰《おっしゃ》るに決まってる。……小一時間でお戻りになるかな」

「ありがとうございます！」

果たして、一時間あまりで師匠が黒塗《ぬ》りのリムジンでお帰りあそばした。

御年七十六歳、紫綬褒章、東京都民文化栄誉賞、浅草芸能大賞など噺家が獲り得る賞を総なめして、残るは人間国宝か、と言われる御仁《ごじん》だから、弟子の人数も半端ない。

ずらりと並んだ列の端にちゃっかり立って、みんなと一緒に頭を下げていると、師匠の草履《ぞうり》が目の前で止まった。

「この学生さんは、なんなの」と、テレビでもお馴染みの声が誰にともなく訊《たず》ねた。

「師匠のファンです」と、さっきの弟子が、元哉さんが頭を上げるより早く答えた。

「そう。ありがとう存じます」と渋い声で言って去りかけるので「あの、僕、入門したくて来ました！」と慌てて言いながら追おうとしたのを、寄ってたかって止められた。

と、こんな調子で前途多難な滑り出しだった。それでも、放課後は毎日、学校が休みの日は朝から、執念深く通い詰めたおかげで、半年もすると、家に出入りを許された。

ただし、弟子にしてもらったわけではない。師匠からじきじきに「高校は必ず卒業しなさいよ」と釘を刺された上で、廊下の雑巾がけや便所掃除をしてもかまわないと申し渡されただけである。

師匠は、すぐに音《ね》を上げるだろうと思ったのかもしれない。

ところが元哉さんは嬉しくて仕方がなかった。あの弟子が言ったことは中《あた》っていて、師匠の大フアンだったのだ。師匠が帰宅するたび金魚の糞《ふん》のようについてまわり、襖《ふすま》や障子の陰に隠れて声を盗み聴きするのが、この上ない喜びであった。

自宅が同じ豊島区内で近いのも幸いした。夏休みや冬休みは毎日、早朝から自転車で師匠の家に来て、掃除に励んだ。

高二の夏休み、八月下旬のこと、朝〝出勤〟すると、師匠は今日は珍しくお出掛けされないと弟子たちが話していた。そこでさっそく廊下を磨きながら師匠の書斎ににじり寄っていったところ、閉じ切った障子越しに廊下まで声が漏《も》れてきていた。

師匠には、こんなふうに噺の独り稽古をしていることがよくあった。

「……ところが、この岩という娘は、二十一の春に疱瘡《ほうそう》を患《わずら》って、二目《ふため》と見られない姿になってしまいまして。ええ、昔は疱瘡といえば命取りの病でしたが、助かったとしても醜い痕が残ることが多うございました。お岩さんも、命は取り留めたものの、顔は渋紙《しぶがみ》のよう、髪は縮れて白髪《しらが》交じり、しかも片目が潰《つぶ》れるという、そりゃもう気の毒なことにおなりで。こうなると困ったのは父親の田宮又左衛門《またざえもん》です。お家が途絶えてしまいますから婿《むこ》取りをせねばと思っても、これでは婿の来《き》手《て》がない。あっちに断られ、こっちに逃げられ……」

これは「四谷怪談」だと元哉さんにもすぐに察しがついたが、違和感があった。柳派の怪談噺の「四谷怪談」では、田宮又左衛門はお岩さまの祖父なのだ。

ますます好奇心をそそられた。師匠の噺は尚《なお》もつづいた。

「……弱り目に祟《たた》り目で、田宮又左衛門、間もなく五十一の夏で急死してしまいました。そこで田宮家の跡取りをどうにかせねばと御先手組《おさきてぐみ》の同心《どうしん》仲間たちが知恵を絞って、下谷《したや》金杉《かなすぎ》の小股《こまた》くぐりの又市《またいち》という男に仲人《なこうど》を頼んだのでございます。だいたい、この手の二つ名のある男というのは悪党と相場が決まっているもんで、又市も、まあ、今の言葉で言ったら詐欺師で、嘘が着物を着て歩いているような奴でしたが、仕事は早かった」

元哉さんの知る「四谷怪談」には、「小股くぐりの又市」などという悪党は登場しなかった。古い怪談を現代に置き換えて改作するなら、まだ理解できる。しかし、これはこれで、江戸時代の物語のようなのだ。かと言って歌舞伎の「四谷怪談」とも筋が違う。

なんだろう?と、気持ちが前のめりになったら体も動いて、うっかり障子に手をついた。

「誰ですか」と師匠が鋭く誰何《すいか》する。「僕です」と間抜けな返事をすると同時に障子が開いて、扇子《せんす》で頭のてっぺんを打たれた。

「盗み聴きすんなら巧くやんなさい。おまえさんのせいで気が散った。……厠《はばかり》へ行ってくる」

叱りつけて立ち去るのを平伏《ひれふ》して見送った。足音が遠のくのを待って顔を上げると、冷房が効いた室内から涼しい空気が廊下にあふれてきた。師匠は障子を開けたまま行ってしまったのだ。ちょっとだけ涼んでも罰《ばち》は当たるまい、と、廊下に座ったまま部屋に顔を突っ込んだところ、文机《ふづくえ》の上に変な物があることに気がついた。

——巻物?

師匠が昔から愛用している古いカセットデッキの手前に、時代劇と博物館でしか見たことのない巻物が半ば広げてあった。

縁《へり》が黄色く変色した和紙に、筆文字で文章がしたためられている。何が書かれているか、部屋に入って見てみたいと思ったが、勇気が出ずにぐずぐずしていたら、師匠が戻ってきた。

ハッと息を呑むような気配があって、「見たの？」と訊かれた。

巻物のことだと直感し、「見てません」と答えると、「ならいい」と言われた。すぐに鼻先で障子をピシャッと立てられ、すごすごと退散したのだが……。

続きが気になり、掃除しながら家じゅう一周して再び戻ってきたところ、障子に二センチぐらい隙間が開いていた。先ほど師匠が勢いよく閉めた反動で開いてしまったのだ。

「いよいよお岩さんが座敷に連れてこられて、両人ご対面の段になりました」

——物語が先へ進んでいた。元哉さんは隙間を覗き込みながら聞き耳を立てた。

「ところが、お岩さんが暗いほうへ暗いほうへと顔をそむけるものですから、どうも怪しいと思って、伊右衛門《いえもん》、その顔を覗《のぞ》き込んで……またおまえか！」

最後の一言は台詞《せりふ》ではなかった。覗いている元哉さんに気づいたのだ。

「いい加減にしなさい」と叱りながら、師匠は右の肩越しに振り向く。その顔を見て、元哉さんはハッと息を呑んだ。右の瞼《まぶた》が大きく腫《は》れて目が潰れていたのだ。それのみならず、みるみるうちに風船に空気を入れるかのように師匠の頭全体が膨らみ、同時にグルーッと首が一八〇度回転して真後ろを向いた。おまけに最後に口がクワッと耳まで裂《さ》けて、寄席の怪談会に飾られているのをいつか見たオバケ提灯《ちょうちん》さながらの恐ろしい顔になった。

と、思った途端に、素早く元の師匠の姿に戻った。

「一度で懲《こ》りず二度までも。ヤル気が失せた。邪魔だよ！」と、立ち去り際に元哉さんを足で小突《こづ》いてどこかへ行こうとした。だから慌てて後を追って謝ろうとしたら、

「もう夜も更《ふ》けました。今夜はここに泊まっていかれたらいかがです」

鈴を振るような可憐な女の声が鼓膜に飛び込んできたので、驚いた。

この声はどこから、と、視線を彷徨《さまよ》わせたところ、今度は男の声が。

「泊まっていきたいのは私も山々。残念ですが、家でヤボ用があるので失礼します」

師匠の文机のほうから声が聞こえてくるようだと思い、ならばカセットデッキのテープが再生されているのだ、と、咄嗟《とっさ》に判断して「失礼します！」と小声で断り、部屋に足を踏み入れた。すぐにカセットデッキの再生を止めようとして……。

電源が入っていないことに気がつき、うなじに氷の刃《やいば》を当てられたかのように感じた。

「お宅のご用事とは、あれですよね。ええ、わかっております。無理にとは申しません。でも伊右衛門さま、どうぞ明日もいらしてくださいまし。お願いでございます」

さっきの女の声が、例の巻物の中から艶《つや》っぽく囁《ささや》きかけてきた。流れるような筆運びで墨書《すみがき》された文章を信じがたい思いで見つめる。達筆すぎて、彼には読めなかったが。

「喜兵衛《きへえ》殿によろしくお伝えください。私も独り身ではないから思うままには……」

男が女に返事をする、その声も巻物から漂い出してきた。

男女の台詞が巻物に書かれているに相違ないと彼は思った。しかし巻物自身が声色を使い分けて台詞を読むわけがない。どんな仕掛けになっているのだろうか。

怖さも忘れて興味を惹《ひ》かれたが、それきり巻物はフッツリと沈黙してしまった。

しばらく何事もなかったが、数日後、夕方から出掛けていく師匠を玄関で見送り、そろそろ帰ろうかと思って鞄《かばん》を取りに家の中に戻ると、どこからか、女のすすり泣きが聞こえてきた。

先日のことがあるので、もしや、と思って師匠の書斎に行くと、閉じた障子越しに声が漏《も》れている。

「伊右衛門殿、伊右衛門殿、伊右衛門殿」

女が、三度、男の名を呼ばわって黙る。すると次に聞き覚えのある男の声が「さては狐の仕業《しわざ》かね」と言った。そこへ覆いかぶさるように「伊右衛門……」と女が低いしわがれ声で囁《ささや》きかけたかと思うと、「そなたらの命、長くはないぞ。観念して待ちぃや」と脅《おど》して、箍《たが》が外れてしまったかのような高笑いを放った。

彼は震える手で障子を開けた。いくらなんでも声が生々しすぎ、また巻物から聞こえたのだろうと予想してはいても、正体を確かめずにはいられなかったのだ。

黄昏《たそがれ》の西日が薄く差す文机に、白い半紙が広げてある……と一瞬見間違えたのは、巻物の文字がすべて消えていたせいだった。

何も書かれていない。

唖然としたそのとき、師匠のリムジンの音が近づいてきた。行ったばかりなのに戻ってきた、と思う間もなく玄関が騒がしくなり、弟子たちが迎えに出る気配が伝わってきた。

ややあって、乱れた足音が近づいてきた。

元哉さんが座敷から飛び出すのと同時に、廊下の端に師匠が現れた。

「触ったか」と開口一番、師匠は険しい表情で彼に問うた。

「な、何を……」

「巻物だ。私の机に置いてある、あれに触ったかと訊いている」

「触っていません」

嘘ではない。一度も触れてはいなかった。

彼が答えると、師匠は急に肩の力を抜いて、「ならいい」と応《こた》えた。

「忘れ物を取りに戻ったんだ。ちょっとそこを退《の》いてくれるか」

師匠は文机に屈《かが》み込んで件《くだん》の巻物を手に取り、目の前でくるくると巻いて懐《ふところ》に入れた。

「じゃあ、行ってくる。暗くなる前にお帰んなさい。親御さんが心配なさるから」と、いつになく優しい言葉を掛けてスタスタと去っていく小柄な後ろ姿を元哉さんは見送った。


彼は高校を卒業した後、あらためて弟子入りを許された。まずは前座《ぜんざ》見習い。二十歳で楽屋入りさせてもらい、前座になった。

だが彼は、その頃から自分には落語以外の道もあるような気がしはじめたのだった。話すことは好きだから話芸を活かしたいが……たとえばテレビ番組のレポーターはどうだろう。あるいはアナウンサーは、いやテレビ業界で働くならまずは大学でジャーナリズムについて学ぶべきかしらなどと考えだしたら止まらなくなった。

そうこうするうち、師匠が脳梗塞《のうこうそく》で倒れた。非常な努力で高座《こうざ》に復帰したが、すでに八十一歳と高齢でもあり、それからは心身の衰えが顕著《けんちょ》に進んだ。

次第に師匠が表舞台から遠ざかるにつれて、元哉さんの気持ちも固まった。

二十四歳のとき、二ツ目に昇進する直前に、落語を辞める決意を打ち明けると、師匠は快く受け容れてくれた。

元哉さんは、無理を言って弟子入りしたのに……と申し訳なく、また、弱っている師匠につけこんだようなタイミングでもあったから心苦しくもあって、「どうぞ扇子でぶってください」と言ったきり、涙があふれて顔が上げられなくなった。

すると、おもむろに師匠が「おまえさんには特別な餞別《せんべつ》をやろう」と言った。

「とんでもない！　お気持ちだけでも充分すぎます」

「遠慮されると困るんだ。いつかあれを、おまえさんにやろうと思ってたんだから。……昔、おまえは巻物に触らなかったと言ったね？　あれは、ほんの少しだけ嘘じゃなかったかい？　手で触りはしなかったんだろうが、なんか変なことがあった。そうだろう？」

たちまち十六の夏まで時を引き戻されて、彼は、今度こそ本当に正直に答えた。

「はい。嘘を吐《つ》くつもりじゃありませんでしたが……でも、あの、巻物から人の声が……」

「シッ！　その話はそこまで。私の巻物のことは、ほとんど誰も知らない秘密なんだから。おまえさんもペラペラ吹聴《ふいちょう》するんじゃないよ。それに自分でも無闇《むやみ》に開いちゃいけない。中を見るのは、本当に道に行き詰まったときだけにおし。わかったね?」

そう言って、師匠は彼に巻物を取ってこさせると、そのまま持って帰らせた。


師匠が亡くなったのは、その翌年のことだった。

元哉さんは大学に進学し、卒業後は地方のテレビ局に就職した。現在は四十五歳で、無鉄砲だった十五の頃や噺家を目指して修行していた日々が遠い夢のように感じられるという。

師匠から託された謎の巻物は誰の目にも触れさせず、大切にしているとのこと。

ただ、あのとき聞いた物語の地《じ》の文や男女の台詞は、その後も気になって仕方がなかったので、大学生になると「四谷怪談」について調べてみたのだとか……。

「巻物は簡単に開けないって師匠と約束しちゃったせいで聴き直せないんで、記憶が頼りでした。だから不確かではあるものの、たぶんあれは『四ッ谷雑談集《ぞうだんしゅう》』を師匠が落語風に改作したものです。でも結局、師匠は新しい『四谷怪談』を演《や》らなかったと思うんですよ。当時、僕は寄席についていくことを許されていなくて聴けなかったんですが、その後、誰もそんなものを聴いたと言っていませんでしたし、そんな記録も残っていませんからね」

私はこれを聞いて、件《くだん》の落語の師匠の面影を思い浮かべた。生前は比肩《ひけん》する者のない大看板であって、私も寄席だけではなくテレビでも何度もその噺を聴いたことがあったのだ。

亡くなって十数年経つとはいえ、謎の遺品が出てきたら物議《ぶつぎ》を醸《かも》す可能性がある。

だから、どうか名前を伏せてほしいと元哉さんに頼まれた。

そこは呑《の》める。

だが、巻物については、個人的に非常に気になった。

正直なことを申せば、とにかく実物を見てみたかった。少なくとも、誰の手によっていつ書かれたのか、くらいのことは知りたいと思った。

そこで最後に、「でも価値のある巻物かもしれませんよ。恐らく『四ッ谷雑談集』を筆写したものでしょう。専門家に調べてもらったらいかがですか」と彼に提案したのだが。

彼は苦笑いして、首を横に振った。

「そんなことしたら、結局、巻物を開く破目《はめ》になるから駄目ですよ。今はまだ僕は絶対に開けたくありません。だって師匠は、あの頃、道に行き詰まったと感じていた、つまり、あんなに偉くなっても上を目指していたってことですよ？　今の僕なんかが巻物を開けたら罰《ばち》が当たります。それにもしかすると、あれの力を信じない者が開けたら、魔法が消えてしまうかもしれない。僕は一度、真っ白になっているのを見ましたからね。実は白紙を巻いただけなんじゃないかと思ったこともあるんですが……。だとしても、僕にとってはふつうの巻物じゃないんですよ」

一、『四ッ谷雑談集《ぞうだん》』とは

ありがたいことに令和現在も実話系の怪談はそこそこ人気があるジャンルだが、江戸時代にも、珍奇な出来事の実録を書き記した雑談集がよく読まれていたようだ。白澤社《はくたくしゃ》が発行した『実録 四谷怪談 現代語訳『四ッ谷雑談集』』では、巻頭の序文で名著『四谷怪談は面白い』の作者でもある横山泰子氏が、「怪談を含め多様な話を集めたものが当時の雑談集」と書かれていた。そう。怪談とは限らず、よもやま話の中に怪談が混ざっている場合もあるのが雑談集だった――もっとも『四ッ谷雑談集』について言えば、おおむね怪談に終始しているのだが。

さらに江戸の雑談集は「実話」「実録」を標榜《ひょうぼう》していた。つまり、地名や寺社の名称、少なくない登場人物の実名が記されており、そこに描かれた世相や人々の暮らしぶりも当時の現実を反映していたのだ。しかし、裏取り調査や証拠の提示をせず、人から聴いた話や町の噂をただそのままに、あるいは書き手の意向でアレンジを加えて書いたものだったという。

……なんとしたことだろうか。現代の実話怪談にそっくりではないか。

ご存じのように、実話を謳《うた》う昨今の怪談も、体験者が話したことを事実と見做《みな》して書かれている。私はインタビュイーのほぼ全員とSNSで繋がっており、その大半が拙著の読者でもあるという、言うなれば衆人環視《しゅうじんかんし》の中で実作しているので、大幅なアレンジを加えることはできないし、やらない。だが、たとえば前項の「師匠の巻物」（P28）にしても、体験者の元哉さんの談話をとりあえず信じて書いているのである。インタビューで聴いたことが事実と異なる可能性は、あえて度外視している。巻物が『四ッ谷雑談集』を語っていた物理的な証拠はどこにも存在しない。

我々ヤクザな怪談作家連中が、江戸の雑談的精神を受け継いでいる仕儀《しぎ》である。

何はともあれ、巻物が語っていたのが、先述した春錦亭柳桜《しゅんきんていりゅうおう》の『四谷怪談』ではなかったというのは、興味深いことだ。件《くだん》の師匠は、なぜ『四ッ谷雑談集』を使おうとしたのだろう？

私は柳桜の『四谷怪談』を国会図書館デジタルコレクションで読んだ。『やまと新聞』の附録に速記が掲載されたのを、柳桜の死の二年後にあたる一八八六年にまとめたもので、たしかに講談のそれと多くの点で物語が被《かぶ》っていた。これは今でも落語の怪談噺の演目になっているので、本書の読者の中にも聴いたことがある人がいるはずだ。尚、柳桜は柳派《やなぎは》の祖であり、従って柳派にはこれを口演する噺家が多かった。件の師匠なら……おっと、これ以上は明かせない。

そういうわけで、なんとしても師匠が『四ッ谷雑談集』に興味を持つ動機を見つけたいと思って探していたところ、このたび一つ発見した。一九九二年八月一日に発売された高田衛《たかだまもる》氏の編纂による『日本怪談集　江戸編』の中に『四ッ谷雑談集』の現代語訳が収録されていたのだ。巻物から声がしたのとちょうど時期が合い、当時は発売直後の新刊として書店の目立つところに陳列されていたはず。おまけにこの本には、一世林屋正蔵《はやしやしょうぞう》の怪談落語『怪談桂乃河浪《かいだんかつらのかわなみ》』も収められている。研究熱心な噺家であれば手に取りそうな一冊だ。そこに、たまたま『四ッ谷雑談集』も入っていたとしたら……。

件の師匠が心惹かれた（かもしれない）『四ッ谷雑談集』の概要を次にまとめる。

『四ッ谷雑談集』の時代

和暦	西暦	ストーリーの中のできごと	一般のできごと
寛文	1670	お岩さま結婚 のちに失踪（第1ストーリー）	
延宝	1680		
天和			
貞享		お岩さま再登場（第2ストーリー）	1685 生類憐みの令
元禄	1690 / 1700	お岩さま再々登場（第3ストーリー）	1702 赤穂事件
宝永			

『四ッ谷雑談集』の舞台

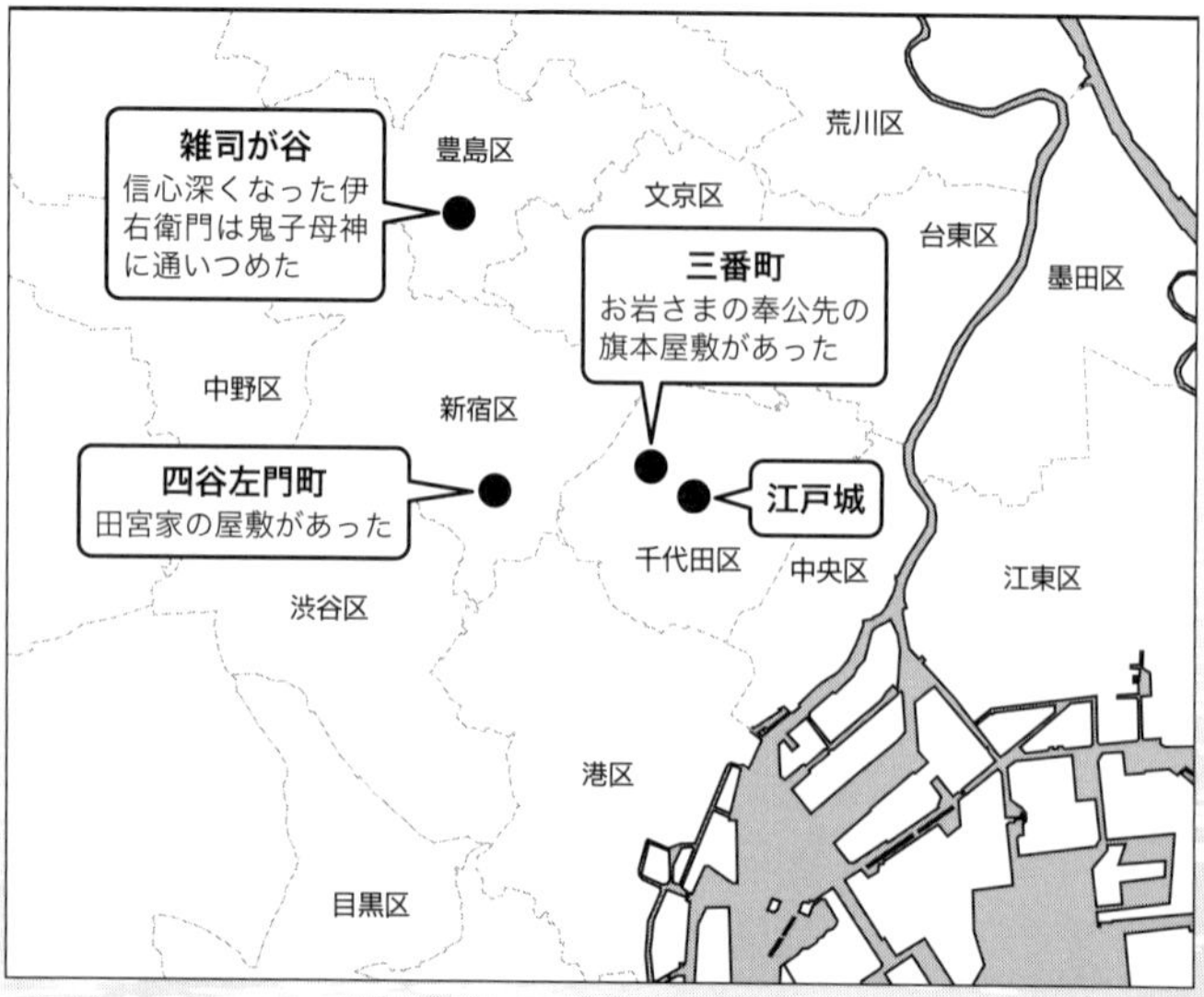

『四ッ谷雑談集』の人物相関図

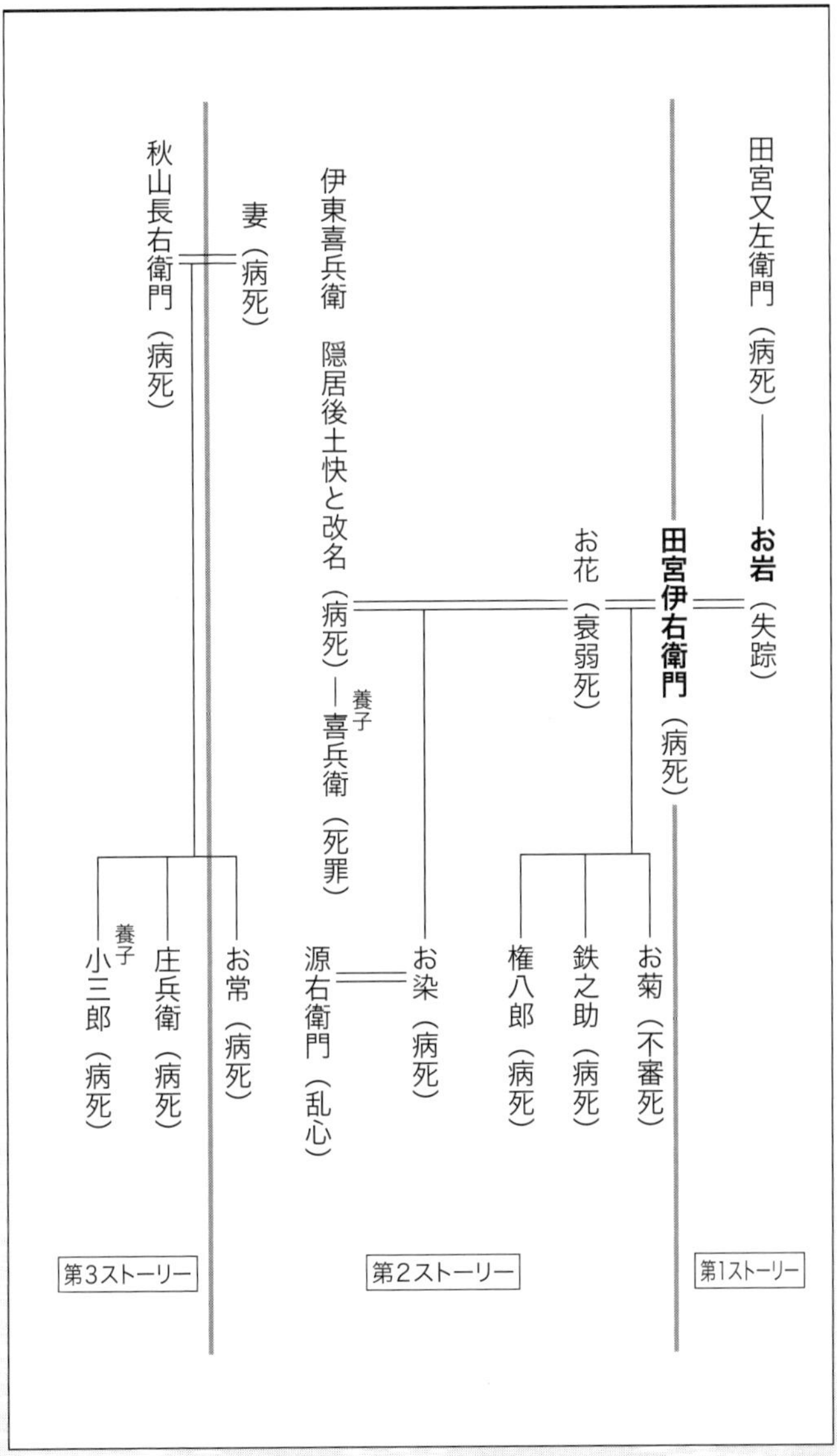
田宮又左衛門（病死）
お岩（失踪）
田宮伊右衛門（病死）
お花（衰弱死）
お菊（不審死）
鉄之助（病死）
権八郎（病死）
伊東喜兵衛　隠居後土快と改名（病死）
養子
喜兵衛（死罪）
お染（病死）
源右衛門（乱心）
妻（病死）
秋山長右衛門（病死）
お常（病死）
庄兵衛（病死）
養子
小三郎（病死）
第1ストーリー
第2ストーリー
第3ストーリー

『四ッ谷雑談集』のあらすじ

――江戸の甲州街道沿いに、四谷左門殿町《さもんどのちょう》と呼ばれる町があった。これは、そこで一六七〇（寛文十）年頃から三十年にわたって起きた出来事である。尚、これを書くにあたり、『実録　四谷怪談　現代語訳『四ッ谷雑談集』』の広坂朋信《ひろさかとものぶ》氏による現代語訳と注釈、高田衛氏による『日本怪談集　江戸編』の「四ッ谷雑談集」を参照したことを述べておく。また、便宜上物語を三つに分けて紹介する。

第1ストーリー

左門殿町に田宮又左衛門《またざえもん》という御先手鉄砲組《おさきててっぽうぐみ》の同心《どうしん》が住んでいた。職場での評判も良く、妻と一人娘のお岩とつつがなく暮らしていたが、あるとき眼病を患った。そこで、お岩に婿《むこ》を迎えようとしたが、上首尾に行かず、そのうちお岩が二十一歳で疱瘡《ほうそう》に罹《かか》ってしまった。命を取り留めたものの、顔は渋紙《しぶがみ》のように、髪は白髪《しらが》交じりの枯れ草の如《ごと》くなり、声はしわがれ、腰が曲がった。その上、片目は盲《めし》いて絶えず涙を流す……。すれ違う人々が思わず振り向くほど面妖《めんよう》な姿に変貌してしまったが、本人は不都合を感じていないように見えた。

不幸なことほどつづくもので、お岩が快復して間もない夏のある日、父・又左衛門が五十一歳で急死した。同心仲間が相談して、お岩を尼か奉公人にして家から出し、手頃な浪人者に田宮家を継《つ》がせようとしたが、お岩は烈火の如く怒り、拒《こば》んだ。世の中には五十、六十まで独身を貫く女もいるというのに、なぜ今すぐに田宮の家のことを勝手に決めようとするのか、私を女だからと侮《あなど》っているのだろう、と。困った同心たちは、小股くぐりの又市という仲介斡旋《あっせん》の名人に婿探しを頼んだ。又市はさっそく伊右衛門《いえもん》という浪人を見つけてきた。伊右衛門は摂州生まれの大工の息子で、侍《さむらい》に憧れ二十五歳で江戸に来たが、このときすでに三十一歳。当然、御先手組同心の身分が付いてくる田宮家の婿入り話に乗り気になった。

吉日の八月十四日、婚礼の席でお岩の顔を初めて見た伊右衛門は衝撃を受ける。だが、我慢すれば田宮家を相続できるのだから……と自らに言い聞かせて愛想よく振る舞い、婚礼の席を終えて、お岩と伊右衛門は夫婦になる。

さて、同心になった田宮伊右衛門の上司に、伊東喜兵衛《きへえ》という与力《よりき》がいた。喜兵衛は妻帯せずに二人の若い妾《めかけ》と昼から酒色にふける一方で、教養は高く頭が切れるという悪魔的な男だった。その上大金持ちで、しょっちゅう屋敷に手を入れていた。新参者の同心に大工の心得があると聞くと、さっそく家に呼びつけては普請《ふしん》をさせるようになった。すると間もなく、その新人同心こと伊右衛門と、妾のひとり、二十歳のお花がプラトニックな相思相愛の仲に……。ほどなくしてお花が喜兵衛の子を孕《はら》んだことから、運命の歯車が動き出す。喜兵衛は子どもなど無用の長物としか思っておらず、お花を自分の妹ということにして、伊右衛門に押しつけることにしたのである。そのためにはお岩が邪魔だ。お岩のほうから離縁を願い出るように仕向けろと、喜兵衛は伊右衛門を説得し、伊右衛門はそれに乗った。

その後、伊右衛門は博打狂《ばくちぐる》いを演じ、家に給金を入れず、暴力を振るい、お岩を困窮に追い込む。両親とも他界して心細いお岩は、喜兵衛に助けを求める。喜兵衛の助言に従い、離縁を決め、喜兵衛の紹介で奉公に出る。お岩との婚礼から一年足らず後の七月十八日、伊右衛門は喜兵衛の妾だったお花をめとった。婚礼にあたって、伊右衛門は隣に住む秋山長右衛門《ちょうえもん》に仲人《なこうど》を頼む。婚礼の晩、赤い蛇が目撃される。

——数日か数ヵ月か、そう長くはないが、しばらく経ったあるとき、田宮家に出入りしていた煙草商の男が、得意先の旗本屋敷を訪れた折に、たまたまお岩を見つけた。お岩の奉公先は三番町、今の千代田区九段の近辺にあった。四谷左門殿町こと現在の四谷左門町からは三キロ程度しか離れていない。だいたい徒歩約四十分の距離で、江戸時代の行商人には、どうということもない距離だった。挨拶がてらの立ち話の中で、男は喜兵衛の企みと現在の田宮家のようすをお岩に教えてしまう。お岩は怒り狂い、伊東喜兵衛、田宮伊右衛門、秋山長右衛門、後妻のお花への怨みの呪詛《じゅそ》を吐きつつ、次第に人間離れした怪力を発揮しだして、取り押さえようとした男たちを投げ飛ばし、最後はとてつもない速さで四谷の方角へ走り去った。

——これが一六七〇（寛文十）年頃の出来事で、そのままお岩は行方知れずとなる。

第2ストーリー

さて、お岩が消えてから、十四年あまりの月日が流れた。田宮家は伊東喜兵衛の助けもあって経済も潤い、夫婦仲は円満で、喜兵衛の種の長女・お染を頭に、長男・権八郎、次男・鉄之助、次女・お菊、と、十四歳から三歳までの子ども四人に恵まれていた。

――その年の七月十八日、折しもお花が田宮家に嫁入りした記念日のことである。一家団らんの楽しいひとときを過ごしていた伊右衛門の前にお岩が現れる。お岩は、伊右衛門に姿を見せたかと思うと消える。生霊《いきりょう》か死霊《しりょう》か定かではないが、すでに神出鬼没の霊的存在になっていたのだ。お岩に脅《おど》された伊右衛門は、御先手鉄砲組の同心として授けられている鉄砲を空撃《からう》ちした。鳴り物は邪気を祓《はら》うとされているが、末娘のお菊が、この音でひきつけを起こし、意識を取り戻さないまま数日後に亡くなった。

これを皮切りに、田宮家と秋山家を不審な死の連鎖が襲う。死んだお菊の三回忌に、次男・鉄之助がお菊の亡霊に遭《あ》った後、病《や》んで「見よ、見よ」とうわごとを吐きながら死んだ。次いで秋山家で、長女のお常が十三歳で高熱を発し、鉄之助と同じく「見よ、見よ」と口走りつつ、口から赤い蛇のようなものをひょこひょこ飛び出させながら亡くなった。

伊右衛門はその後すっかり信心深くなり雑司ヶ谷鬼子母神《ぞうしがやきしもじん》に通いつめたが、その甲斐もなく、長男の権八郎が十八で突然命を落とした。またしても「見よ、見よ」とうわごとを言い、口から赤くて細長い火箸《ひばし》のような何かを時々飛び出させながら……。

その頃、伊東喜兵衛は隠居して土快《どかい》と改名し、養子に喜兵衛の名を譲っていた。この二世喜兵衛が吉原で刃傷沙汰に巻き込まれて死罪、打ち首となり、伊東家の断絶が決まった。

これは土快の妾だったお花にとっては、実家を失うに等しい痛手であった。三児を亡くして力を落としていた矢先、しかも三十五歳にして五番目の子を妊娠しており、体調が万全でなかったせいもあって、急速に衰弱して死んでしまった。

伊右衛門は、お岩の生霊または死霊をなだめようと試みた。亡き舅《しゅうと》の同心仲間に相談し、田宮家の菩提寺《ぼだいじ》で三日がかりの法要を行い、さらに家でも般若心経《はんにゃしんぎょう》の経典《きょうてん》集『大般若経』を転読して浄霊を試みたところ、家鳴りがして、白く光る球が田宮家から西の空のほうへ飛んでいった。これでお岩も成仏したに違いないと思った伊右衛門は、長女・お染に婿を取った。入り婿との同居に備えようと家の普請に取り掛かったところ屋根から転落、左耳のそばに小さな傷を負った。たいした怪我ではなかったはずが、傷は化膿して臭い膿を垂れ流すようになった。膿の臭気に惹かれて鼠《ねずみ》がたかってきたので、伊右衛門は、身を守るために長持《ながもち》に入って、娘夫婦に蓋《ふた》を閉めさせた。すると、白帷子《しろかたびら》を着て蒼ざめた女が縁側から座敷に上がってきて、長持のそばに佇《たたず》んだかと思うと宙に浮き、障子の破れ目に吸い込まれるようにして姿を消した。驚いた娘夫婦が長持の蓋を開けると、伊右衛門は意識を失くしており、間もなく事切れた。

伊右衛門の百日法要のときに、ある同心が、伊右衛門と伊東土快、秋山長右衛門の悪行を、居並ぶ参列者の前で洗いざらい話した。それを聞いた秋山長右衛門の妻が気鬱《きうつ》の病に取り憑《つ》かれた挙句、全身が黄ばんで腫《は》れものだらけになり、息を引き取った。お染と婿の源右衛門も日増しに弱っていき、お染は病みやつれて二十五で死に、源右衛門は乱心した。御先手組は源右衛門を解雇して、田舎の親戚に引き取らせ、田宮家の屋敷を没収した。こうして田宮家は滅亡した。

第3ストーリー

空き地になった田宮家跡は、隣家の秋山長右衛門が預かり、田宮家が持っていた同心の職は長右衛門の息子・庄兵衛《しょうべえ》が引き継いだ。

三月の一日か二日、共に夜勤明けだった庄兵衛らは、お岩に瓜二つの五十歳ぐらいの女乞食《こじき》を町中で見かけた。帰宅から間もない三月三日に、まず庄兵衛が高熱を発した。快復しないまま三日過ぎた六日に父・長右衛門も発熱して倒れた。そして親子共々、亡くなった。

大の男が立て続けに熱病で死んだとあって、近在の者たちは感染することを恐れた。そのため、秋山家には、長右衛門が養子として引き取って育てていた十三歳の少年・小三郎が一人、取り残された。そこには、五十年配に見えるお岩かもしれない怪しい女や化け猫が出没し、小三郎もまた、高熱を出して錯乱状態に陥り、短い生涯を閉じた。秋山家と田宮家という隣り合う二軒が滅んだために、左門殿町には昔の武蔵野のような野原が出現した。

一方、伊東土快はと言えば、さまざまなことから世間の信用を失って零落していた。寒風が吹き込むあばら家で寝たきりとなり、雪の大晦日に誰にも看取られずに息絶えた。

——こうしてお岩の怨念は、田宮、秋山、伊東の三家を滅ぼした。

書き手のことば

しかし真の怨敵《おんてき》は、彼らの色と欲だったのではあるまいか。

私は事件の一部始終を知る者として、起きたことをありのままに記した。子孫に因果応報の理《ことわり》を知らせて、皆があの者たちの轍《てつ》を踏まぬようにと願うものである。（享保十二丁未《ひのとひつじ》年）

二、「四谷怪談」の源流

――以上が『四ッ谷雑談集』のあらましである。皆さんがご存じの「四谷怪談」との差異を感じ取れるはずだ。原作は、四谷界隈で聞き集めた小咄《こばなし》集とも言うべき体裁であり、登場人物にまつわる逸話や怪談が随所に挿入されているので、興味を持たれた方は、ぜひ、白澤社の『実録　四谷怪談　現代語訳『四谷怪談』』をお読みいただきたい。『日本怪談集　江戸編』は絶版しているが、私がしたように古書店で入手できる可能性があり、こちらも良書である。

広坂氏は『実録　四谷怪談』の後書きで、「各エピソードの枠組みは、当時よく知られていた奇談・怪談のストーリーを脚色して転用したものと見なした方《ほう》がよさそうだ」と述べた上で「お岩伝説の怨霊はまったくの虚構か？」と読者に疑問を投げかけている。

雑談の虚構性は完全に否定できるものではない。雑談集というぐらいで、それなりの年月にわたって四谷で起きた多数の出来事を集めた本であり、お岩さまが失踪したと思しき一六七〇年から初版が書かれた一七二七年まで五十七年も経っている。一同心の家内で起きた事件で、口伝えが頼りだったであろうから、関係者の記憶が曖昧《あいまい》になった部分や意図せざる改竄《かいざん》があったとしても仕方がない。

また、書き手の記名がなく、現存しているのが一七五五（宝暦五）年の写本で、最初に書かれたときの二十八年後という点も怪しく感じる。本当に写本だったのか。あるいは原本があったとしても、別の人物が写すにあたり、ついでに面白おかしく話を盛ったのではないか。たとえば、この話より先に書かれた『死霊解脱物語聞書《しりょうげだつものがたりききがき》』（圓朝《えんちょう》の『真景累ヶ淵《しんけいかさねがふち》』の原案になった〝実録を謳《うた》う〟本）も同じように醜い家付き娘と入り婿による家の乗っ取りに端を発する祟《たた》りの物語なので、参照にしていたのではないか。……そういう具合に疑い出したらキリが無いのである。

しかし、では、まるで創作なのかと言えば、それも違うだろう。現在の四谷左門町にあたる左門殿町をはじめ実在した地名が書き込まれており、田宮又左衛門の上司、御先手組頭の三宅弥次兵衛《みやけやじべえ》は、江戸幕府が編修した家譜《かふ》集『寛政重修諸家譜《かんせいちょうしゅうしょかふ》』にしっかり記されている。他にも、お岩さまとは無関係な部分にも、実際の事件として公文書《こうぶんしょ》に記録されている逸話が書かれている。

ともあれ、『四ッ谷雑談集』が、どの「四谷怪談」にも先行しているのは確実だ。これは原初の「四谷怪談」だ。ここからすべてが始まった。この物語の持つプリミティブな力が、後々、優れた講談師や戯作《げさく》者の心をつかんだ。それだけは揺《ゆ》るぎない事実である。

三、生まれる時代を間違った女

ここに描かれたお岩さまという女に、皆さんはどんな感想を抱かれただろう。実は、その点に先入観を持ってもらいたくないと思い、私はあらすじを書くにあたり、広坂氏の訳の始めのほうにあった、「お岩さまの性格が悪かった」という記述をあえて省いた。

それより前には彼女の性格の悪さを裏づける描写が一つもなく、付け足したような不自然な一言ではあったが、そのすぐ後に、醜くなった容姿を恥じ入る気配がないことを書き手は批判している。そして次に、亡き父の同僚たちがやってきて、尼僧になるか奉公人になるかと迫ったときに烈火の如く怒り、言いなりになるのを拒む場面がつづく。従順ではないことを指して「性格が悪い」と言いたいようにも受け取れる。

醜い外見を恥じて、人前に出ないようにすべきか。堂々と振る舞うことが罪なのか。女だからという理由で生家《せいか》を追われるべきなのか。現代人ならば、どれも「あり得ない。お岩さまが正しいに決まっている」と言うだろう。今とは倫理観が大きく異なる世界の出来事なのだ。

逆に、お岩さまを田宮家から追放しようとした男たちにも、悪意は無かった。単に、武家社会に生きる侍として、当時の封建的な常識に従っただけである。だが、お岩さまには長女の誇りがあった。この田宮家は私の家だと言って、頑として家から出ていかない。おまけに五十、六十まで独身を貫きそうなことまで匂わす。要するに自由に生きさせろと主張したのだが、これまた、昨今の女なら持って当然の考え方だ。

その後、彼女は伊右衛門に引き合わされると素直に喜ぶ。彼が美男で、身分欲しさの小芝居ではあったが愛想が良かったから。……騙《だま》されるほうが悪いのか。そんなわけはない。このときのお岩さまはただの初心《うぶ》で可愛い女だ。彼女は一人っ子で箱入り娘、伊右衛門と結婚したときも数えで二十一か二十二で、世間知らずなだけである。

それから伊東喜兵衛に容易《たやす》く欺《あざむ》かれ、離縁して奉公に出るのだが、彼女はそんな自分を哀れむようすがなかった。潔《いさぎよ》くて好感が持てる。現代であれば、お岩さまのような女は珍しくない。ただ、お岩さまより再就職に苦労する場合が多いだろう。彼女は縫物奉公が勤まるだけの技術を身につけていて幸いだった。その後、短い期間ではあったが、お岩さまは真面目に働いて逞しく自活したのだ。

そう。伊右衛門に暴力を振るわれた後、自殺するのを思い留まって、すぐに喜兵衛に助けを求めた点を見ても、彼女は強かった。殴られっぱなしにならず、かえって罠に飛び込む結果となったものの、とにかく解決に向けて行動したのだ。こうしてみると、旗本屋敷で奉公していた時期までのお岩さまは、現代の価値観に照らせば、無邪気さと強《したた》かさを併せ持つ、でも特別に賢いわけではない、ふつうの女だ。生まれる時代を間違ったとしか言いようがない。

一方、伊右衛門もまた、平凡な男である。お岩さまとは対照的に彼は容姿端麗だ。上方風の言葉や物腰が、短気で荒っぽい当時の江戸っ子に比べて上品に見えたかもしれない。だが特長は、それと大工の腕くらい。問題解決能力は皆無で、上司の伊東喜兵衛に対しては徹底したイエスマンである。物語全体を見渡しても、伊右衛門には、自分の頭で何か考えた痕跡がほとんど無い。彼が自らしたことと言えば、大工仕事と、鼠から身を守るために長持に入ったことぐらい。外伝的に書き添えられた若き日の伊右衛門の逸話として、大工の跡取り息子だった彼が、祖父が武士だったと聞いて侍に憧れ、二十五歳で故郷の大阪から江戸へ出てきた経緯が書かれている。……あるいは、この青春の大冒険で彼は燃え尽きてしまったのかもしれない。

そういうわけで、この話の伊右衛門は、あまり利口ではないのである。『東海道四谷怪談』の伊右衛門のような艶冶《えんや》な色悪《いろあく》でもなく、小心で小市民的な男だ。好きな相手と結婚した後は、夫としても父親としても申し分なかった。子煩悩《こぼんのう》な良い父で、上司の種だったお染も大切に育てた。伊東喜兵衛さえいなければ、伊右衛門は、お岩さまとつましい御家人の生涯を終えたのではないか。

江戸の常識が令和の非常識だったとしても、『四ッ谷雑談集』のお岩さまの自尊心の高さや強靭さ、不器用さは、江戸時代の人々——たとえば講談師や四世鶴屋南北にも理解できたのではないか。この物語のお岩さまは最初から最後まで、過剰なほど感情豊かに描かれている。美女であるお花が、伊右衛門に恋をする場面を除き、意思のある人間らしい描写が乏しいのとは対照的だ。

後に『東海道四谷怪談』に登場するお岩さまと違い、こちらのお岩さまは醜いことは醜いが、旗本屋敷に勤めるには支障がない程度でもある。疱瘡《ほうそう》が何度も流行った江戸では、お岩さまのような女を見かける機会もあっただろう。どこか身近に感じられる等身大の女が、世にも恐ろしい化け物になっていく話が、面白くないわけがない。

欺かれ、操《あやつ》られていたことを知ったお岩さまは憤怒して、人外の身体能力を発揮した挙句、行方をくらます。それからは、お岩さまの姿を見た者はだいたい死んでいる。

ふつうの女をそこまで変えてしまった原因は何だろう?

四、イワナガヒメとコノハナサクヤヒメ

歌舞伎の『東海道四谷怪談』をご覧になった方は、『四ッ谷雑談集』のお岩さまの恋敵の名前が違うことに気がつかれたはずだ。前者は「お梅」であり、後者は「お花」なのだ。

四世鶴屋南北や講談『四谷怪談』を創った人々は、たぶん私などより遥かに物識《し》りだったであろうし、勘の良い読者さんもお気づきだと思うのだが、イワとハナという二人の女の組み合わせは、日本神話のイワナガヒメ（石長比売／磐長姫）とコノハナサクヤヒメ（木花之佐久夜毘売）のエピソードを彷《ほう》彿《ふつ》とさせるのである。二人はオオヤマツミノカミ（大山祇神／大山津見神）の娘だったが、姉のイワナガヒメは生まれながらに醜く、対照的に妹のコノハナサクヤヒメは美しかった。

天孫《てんそん》であるニニギノミコト（瓊瓊杵尊／邇邇芸命）はコノハナサクヤヒメを見そめて、オオヤマツミノカミに娶《めと》りたいと申し出た。そこでオオヤマツミノカミは、姉のイワナガヒメもコノハナサクヤヒメと一緒に嫁がせようとした。ところが、ニニギノミコトは、醜いイワナガヒメを実家に帰らせ、コノハナサクヤヒメとだけ夫婦の契《ちぎ》りを交わした。

その結果、『古事記』ではオオヤマツミノカミがこれに怒り、「イワナガヒメを召せば御子《みこ》の命が岩のように永遠に盤石《ばんじゃく》であるように、またコノハナサクヤヒメを召せば御子は花の咲くように栄えるように。そう誓約して二人を送り出したのです。イワナガヒメを帰らせた御子の寿命は、花のように短いものとなるでしょう」とニニギノミコトに告げる。

『日本書紀』では少し違っていて、一夜にしてコノハナサクヤヒメはニニギノミコトの子を宿す。それを見て、イワナガヒメがこのような呪いの言葉を吐くのだ。

「もしも天孫が私を退けなければ、生まれる子は岩のように長寿になりましたが、妹だけを寵愛したので、その子の命は必ず木の花のように移ろって落ちてしまうでしょう」

――お岩さまとお花、伊右衛門の三角関係を想起するなというほうが無理なのでは？

実話に神話の構図を見出した者が『四ッ谷雑談集』を書いたのかもしれない。あるいは当てはめるために、女たちの名前を神話の姉妹に似せた可能性も考えられる。二人の女の設定と立場と、女神の姉妹のそれにも共通点が見受けられる。

『東海道四谷怪談』のお岩さまと違って、原初のお岩さまと言うべき『四ッ谷雑談集』のお岩さまは伊右衛門の子を産まない。イワナガヒメと同じように。だが、お花は伊右衛門の子を産む。コノハナサクヤヒメと同じように。お岩さまは田宮家から出され、代わりにお花が家へ迎え入れられて家名の後継ぎを伊右衛門と生《な》してゆく。皇統《こうとう》が天孫とコノハナサクヤヒメの子から始まったように。

そして、妊娠した妹を前にしたイワナガヒメとシンクロするかのように、お岩さまは、お花と伊右衛門が田宮家で子どもを産み育てている事実を知らされた瞬間に、激しい怒りを爆発させるのだ。このとき、お岩さまは人間から人外《じんがい》の存在に切り替わる。怪力を発揮して暴れ回った挙句、飛ぶように走り去る。並み居る男たちが誰も彼女を組み伏せられず、走る彼女に追いつけもしなかった時点で、もう化けていることが歴然としているのだ。生霊なのか死霊となったのか判然としないまま、女だろうが子どもだろうが容赦なく祟り殺してゆくお岩さまは、すでに超自然的な存在になっており、人情に微塵《みじん》もほだされない。だから『四ッ谷雑談集』のお岩さまは、僧侶や何かに折伏《しゃくぶく》されたり成仏したりはしない。

講談や歌舞伎の『四谷怪談』と違い、田宮家の跡地は、全員が死滅した後も寺社が建立されるでもなく、ただ放置されて町が拓《ひら》かれる以前の武蔵野の自然に還元してしまう。

女神たるお岩さまは酷《ひど》い天災のようで、人間はお終《しま》いまでやられっぱなしだ。田宮家、秋山家、伊東家の人々の死因の多くが熱病というのも暗示的だ。『四ッ谷雑談集』を読むうちに、最後はどうか人間に勝たせてほしい――お岩さまを祓《はら》うなり鎮《しず》めるなりして――と願う者もいたことだろう。そうした切ない願いこそが、後世の怖くて面白い「四谷怪談」を誕生させたのではなかろうか。

お岩さまが人ならざるものに化身《けしん》した理由についても考察してみたい。初めて『四ッ谷雑談集』を読んだときは、お花に対する嫉妬《しっと》が原因になったのではないかと思った。だが、何度か読み返すうちに、歌舞伎の『東海道四谷怪談』で描かれる愛憎劇とお岩さまが醜く変貌する悲劇の印象に引きずられていたことに気がついた。

――ここは純粋に『四ッ谷雑談集』のお岩さまを分析する必要がある。

まず、このお岩さまは作中で、お花に限らず一度も他人の美貌を羨《うらや》んでいない。なぜか。思うに、彼女は惣領娘《そうりょうむすめ》として大切に育てられた、両親に愛された子どもだったからだ。だから卑屈なところがなく、人一倍、自尊心が強い。そうしてみると、彼女が最も腹を立てたのは、悪者たちに騙されて田宮の家名を奪われたことより他に存在しない。

では一つも嫉妬しなかったかといえば、そんなことはないだろう。

イワナガヒメのように家庭の幸せを妬《ねた》んだのではないか。そうでなければ、失踪から十四年あまりも経過した、伊右衛門とお花の結婚記念日に突然現れて、災厄を振りまきはじめる理由がわからなくなる。

お岩さまが出現したとき、それまで幸せだった田宮夫妻も、自分たち家族の幸福が砂上《さじょう》の楼閣《ろうかく》だったことを思い知らされる。とても幸せであった分、彼らの悲劇も大きかったはずだ。

妬《ねた》み坂《ざか》

——十五年前の今日が、まるで夢のよう。

水を張った盥《たらい》で遊ぶ末娘を見ながら、ふと思った。折からの風が木斛《もっこく》の甘い香りを濡縁《ぬれえん》まで運んできた。庭の蚊遣《かや》りが消えている。かたわらの夫を見やると、触りでもしたかのように敏感に視線に気づいて「うん」と言った。

「あなた、蚊遣りが。また点けますか」

「そうだな。俺がやろう」

濡縁から腰を上げてのっそりと立ったついでに肩をひと撫《な》でする、その手をすかさず捉えて指を絡めた。

「少し痩《や》せたんやないか」と、近頃あまり出なくなっていた上方訛《なま》りが飛び出して、では、夫も昔のことを想い出していたのかもしれないと思った。

「夏ですから。あの日は大変でしたね。宵の五つ半から御同輩がいらして明け方まで大騒ぎ。お終《しま》いに赤い蛇が何度も出て」

夫の手が指先をすり抜けて逃げていった。

「お菊から目を放すなよ」

夫が行ってしまうと、鉄之助が「母上、母上」と叫びながら裏庭のほうから走ってきた。小柄で十一には見えず、万事において歳より幼い子だ。

「佐二郎が蛇を捕まえたよ」

蛇と聞いて、心の臓が一つ鼓動を飛ばした。

「なんですって」と訊き返すと、「小さいけど真っ赤な蛇なんだ。裏の祠《ほこら》ん中から這《は》い出してきた。珍しいから飼おうかな」と、はしゃいだ声で息子は応《こた》えた。

「言霊《ことだま》のせいかしら」と思わず口走り、震える手を握り合わせた。

「……母上がそんな顔するなら、あの蛇は佐二郎にやるよ」

そうなさいと言いながら、不安に駆られて下駄を履《は》いた自分の足もとを確かめた。

縁台《えんだい》の下まで隈《くま》なく点検して、何も潜んでいないことに胸を撫で下ろす。

――赤い蛇を見たのは、嫁いできた夜の、ただ一度きりである。


祝言《しゅうげん》を挙げた十五年前の七月十八日、この田宮家に夫の悪友が三人押しかけてきた。みんな御《お》先手組《さきてぐみ》の連中で、与力《よりき》の妾《めかけ》が同輩の妻になったのでからかいに来たのだ。追い返せばいいのに、伊右衛門《いえもん》が嬉しそうに迎え入れたのは残念だった。

双方の親兄弟も居ない、先代と親しかった伊右衛門の上役一人と介添人夫婦だけが立ち会う寂しい婚礼だったから、にぎやかになれば何でもよかったのかもしれない。

空気を悪くしないように、夫に調子を合わせた。夜も更《ふ》けて、介添人らが帰ると、夫は亡くなった田宮家先代の大盃を出してきた。酒を回し呑みするうちに席が乱れ……。

そう、あのとき急に赤い紐《ひも》が視界の端で動いたのだ。にょろり、と。

「蛇がっ」と、最初に悲鳴を上げたのは私だった。途端に蛇は畳の上を素早く這ってこちらへ向かってきた。赤い鱗《うろこ》が行燈《あんどん》の明かりをぬめぬめと照り返していた。音もなく進んでくる。

立ち上がっても尚《なお》、着物の裾《すそ》を狙ってくるので恐ろしくてたまらず、座敷中を逃げ惑った。

「お花殿、こちらへ」と伊右衛門がサッと襖《ふすま》を開けた。

何を想う余裕もなく隣に駆け込むと、勢いよく襖を閉めた。「ああ、怖かった」と独り言《ご》ちた。

どの家もそうするように仏間《ぶつま》で祝言を挙げて、そのまま宴会をしていた。

仏間は行燈とぼんぼり、仏壇に蠟燭《ろうそく》も灯して、明るい代わりに蒸し暑かった。隣の座敷には火の気が無く、処暑とは思えないほど冷え冷えとして、縁先《えんさき》を月影が濡《ぬ》らすばかり。

襖の後ろでワッと歓声が沸いた。

「やっと仕留めた」と夫が嬉しそうに言うのが聞こえたので、襖を開けた。見れば、伊右衛門が火《ひ》箸《ばし》で蛇を挟んで行燈の明かりにかざしていた。

私の親指ぐらいの太さの、まだ育ち切らない仔蛇だ。鎌首をもたげて夫を見つめている。

「赤いなぁ。こんな蛇、見たことがあるか」と誰に訊くともなしにつぶやくと、大股で縁側へ向かった。火箸を振って、蛇を庭へ投げ捨てた。

「もう戻ってくるなよ」

ところが、それから半刻も経たず、さっきと同じものだと思われる赤い蛇が再び、今度は行燈の火袋《ひぶくろ》を這い上っていたのである。伊右衛門がすかさず火箸で捕まえると誰かが「おお、さっきより巧《うま》い。上達したな」とからかったが、起きた笑いはどこかぎこちなかった。

「うわばみの喩《たと》えもある。酒の匂いに惹かれてきたな。今度は裏藪《やぶ》に突っ込んでこよう」

そう言って伊右衛門が下駄を突っかけて月明りの庭へ下りていくと、「では我らも、そろそろ」と一人が帰り支度を始めた。

提灯《ちょうちん》を用意しようと立ちあがったところ、天井から何かが肩先をかすめて降ってきた。足もとの煙草盆へ落ちる。赤い仔蛇だった。

咄嗟《とっさ》に声を上げたのは私だけではなかった。「どうした、どうした」と、ちょうど戻ってきた夫が縁先から訊《たず》ねても、全員動揺が激しく、答えられる者がいなかった。ただ、一人が、蛇をむんずと素手でつかんで、夫のそばまで持っていった。

「また出たんだ。……次には頭を潰すから二度と来るなよ。もう、この家に執着するな」

友が手の中の蛇に言い聞かせながら言外《げんがい》に匂わせたことを、夫は理解したのだろう。

スッと表情を消して座敷に戻った。入れ替わりに蛇をつかんだ男は庭に降りた。そっと地面に蛇を放ち、「では我らは失礼つかまつるよ」と言った。伊右衛門は引き留めなかった。

――祝言を挙げた日になると、毎年、私の頭の中に赤い仔蛇が這い出してきてしまうのは、そんな出来事があったからだ。

「ははうえー」と、お菊が水を張った盥の中から私を呼んだ。

我に返ってみれば、夕闇が濃くなっていた。近頃は、日が落ちはじめるとあっという間に夜になる。まだこんなに風が温いのに。

「ははうえー、出してー」

「はいはい。よく拭いて浴衣《ゆかた》を着ましょうね」

手ぬぐいで全身拭いてやり、浴衣を着せると、お菊は膝に甘えてきた。

「抱っこ」と、せがむ。数え三歳の子は抱きかかえるには大きいが、上の三人と歳が離れて生まれた末っ子で、つい甘やかしている。

「鉄之助兄さんを呼びにいきましょう。裏庭にまだいるんでしょうから」

娘を抱いて裏庭へ行き、鉄之助と遊んでいた友だちを、頃合いだからと、家に帰らせた。

「蛇は逃がしてやったよ。放生《ほうじょう》しようって佐二郎が言ったから。和尚《おしょう》さんに教わったって」

「そう。善いことをしましたね」

三人で表庭へ戻った。夫が煙の立つ蚊遣りを足もとに置いて縁側に座っていた。

どうもようすが変だ。前のめりの姿勢で前方を凝視《ぎょうし》している。夫の視線の先には、黄昏《たそがれ》の薄明かりに照らされて、庭木が生い繁っているだけだった。

「今、白いものが」と夫が唇を震わしたので私はハッとした。

頭の奥で再び赤い蛇がちらつきはじめた。

お菊があどけなく「ちちうえ、なあに」と夫に問うた。「なんでもない」と夫は答えた。

それきり再び植え込みのほうを眺めだしたので、とりあえず子どもたちを座敷に上げて、あれやこれを片づけて気をまぎらわせた。それも一段落して、飴湯《あめゆ》をこしらえたのを盆に載せて夫の姿を探したところ、蚊遣りを縁側に置いて、座敷でくつろいでいた。

「この匂いは飴湯か。嬉しいね」と私を振り向いて顔をほころばせた。

「子どもたちは、どうした」

「お染と権八郎が下の二人を見ているから大丈夫よ」

「……子宝とは上手く言ったものだ。お染も権八郎も、どこに出しても恥ずかしくない賢い子に育った。住み込みの女中一人置けない軽輩で、おまえには苦労を掛けるが、身の程をわきまえれば過不足ない暮らしだ。だいぶ先のことにはなるが、権八郎が二十歳になったら家督《かとく》を譲って、おまえと二人で楽隠居したいと思うんだが、どうだろう」

「急にどうされました。……でも考えてみればあと七年ですね。私も老けるはずだわ」

「何を言う。まだ若いさ。お染は母親似だな。近頃、すっかり娘らしくなって、たまにおまえと見間違うよ。もう十四になったから、あの子の先々も考えてやらないといけない」

お染は、私が妾奉公をしていた与力の種だ。お染の実父である当の与力は、旗本に輿入れさせるか大名に仕えさせたいと言っていた。

「灯明《とうみょう》を点けましょうか」

「虫を呼ぶよ。まだいい。もう少しこのまま」

夫がゴロリと横になり、膝枕してきた。色の白い男だ。四十六歳といえば爺《じじ》むさくなる年頃だが、横顔など、見事に青年の面影を保っている。

懐から櫛《くし》を出して、鬢《びん》の毛を梳《す》き上げてやった。

……と、急に夫の目が丸く見開かれた。緊張が膝から伝わり、「何？」と私は問うた。

彼は答えず、視線を右斜め前方の一点に据え付けたまま、無言で体を起こした。

薄暮《うすぐれ》の庭の奥に何があるというのか。先刻もあの辺りを見ていたようだが。

「いったい何があるんですか」

「おまえには、あれが見えないのかい」

夫が右から左へ頭をめぐらせた。通り過ぎるものを目で追うような仕草だが、庭で動くものは風に揺《ゆ》れる木《こ》の葉ばかりだった。

そのとき彼が短く何事か叫んだかと思うと、庭に裸足で飛び出した。「岩」と言ったように聞こえたが聞き違いかもしれない。

「ははうえー、ちちうえー」

お菊が屋敷のどこかから呼んでいる。

行かねば、と、頭でわかっているのに体がしびれたかのように動かなかった。

「岩か。岩なのか？」と――ああ、今度こそ間違いない――前妻を捜《さが》す夫の声がした。

赤い仔蛇がにょろりにょろりと、あと少しで口から這い出てきそうだ。

あの蛇は、やっぱりお岩さまの化身《けしん》だったのだ。今日また現れた。

お染が年頃になってきたから。権八郎に家督を継がせたいと夫が言ったから。

位牌《いはい》が二つ、カタン、カタンと立て続けに、仏壇の中で倒れる音がした。

倒れたのは、お岩さまが菩提寺《ぼだいじ》に作らせた田宮家先代の位牌だということを、私は知っていた。

すべて無かったことにして、十五年もこの家で幸せを紡《つむ》いできたけれど、夫や子どもに知られないように、何べん倒れた位牌を直したかわからない。

その都度、私の指は震え、身が縮む思いがした。みんな、みんな、怒っていると思うから。

だって、この家には、田宮の血を正しく継ぐ者が一人として居ないのだ。

「今の女を見なかったか？ 縁先を通っていった女がいただろう？」

駆け戻ってきた夫に、私は「見ておりません」と答えた。

そうか、と、夫は力なく答えた。まるで私にもお岩さまを見てほしかったみたいだ。

お岩さまは、私がお染を産む少し前に、三番町の奉公先の旗本屋敷から四谷大門のほうへ、猿《ま し ら》のように走り去ったきり、行方知れずになったと聞いている。

担ぎ売りの煙草商が、田宮家について要らない告げ口をしたせいで、物狂いになってしまわれたのだ。隻眼《せきがん》で腰が曲がっていて人目に立つはずなのに、それきり誰にも発見されず今に至っている。世間では、おおかた川に身投げしたんだろうと噂していた。

当時、元主人は、「気にするな。生きていれば仕返しをするために帰ってくるかもしれないが、死んでいれば平気だ。お岩殿は死んでいなさるよ」と私をなだめようとした。

そして「お花よ、おまえは私の妹で、先代の又左衛門《またざえもん》は伊右衛門殿の養父だったという建前で事の始末をつけたのだから、嘘を真《まこと》と思って心安く暮らせよ」と無理難題を押し付けたのだ。

「ははうえー」

お菊が呼んでいる。厠《かわや》へ行きたいのかもしれない。こんなに暗くなってからは一人で行かせられない。お菊はまだ幼いから。権八郎が二十歳になっても、お菊は十にしかならない。隠居するときは、お菊も連れて行こう。

「はーい。お菊、厠なら、すぐ行くから少しこらえてちょうだい」

娘の声のほうへ走っていくと、土間《どま》で下駄を履いて足踏みしていた。手を引いて小走りに厠へ連れていき用を足させる。また手を繋いで戻る途中で、門を叩く音を聞いた。

「俺が出る」と言いながら夫が裸足で走ってきた。まだ外にいたのだ。どうかしている。

膝枕をしていたときの、寝間着にしている古い単衣《ひとえ》のままで、人前に出るつもりだろうか。

「あなた、そんな格好で。もしも御先手組の方だったら嗤《わら》われます。私が出ますよ」

「いや、いいんだ」と言うなり、止める間もなく走っていく。

いよいよ宵闇《よいやみ》が迫り、暮れ六《む》つの鐘が生温い大気を震わせて鳴りはじめた。

鐘が鳴り終わらぬうちに、また誰かが乱暴に門に拳を打ち付けた。

「俺の名を呼んだな」と門のほうを向いて夫が言った。

「いいえ。何も聞こえませんでした」

「いや。ほら、また呼んだ。たしかに伊右衛門と言った」

「誰も何も言っておりません」

「いいや、呼ばれたよ。な？　今も、また……。お菊を連れて中に入っていなさい。外にいると蚊に喰われるから」と夫は私に言った。

落ち着かない気持ちで蚊帳《かや》を吊り、お菊を寝かしつけていたところ、玄関の戸が開く音がした。

「おやすみ」とお菊に声を掛けると、もう夢うつつで、瞼《まぶた》を閉じたまま小さくうなずいた。

静かに蚊帳から出て、手燭《てしょく》に行燈の火を移して玄関へ持っていく。

夫の輪郭を持った黒い影が、無言で土間に佇《たたず》んでいた。

「あなた？」と手燭を掲げて透かし見る。影は「うん」と返事をした。

「足を拭きたい」と言うので、手ぬぐいと盥、柄杓《ひしゃく》を用意して戻ると、玄関の戸が鳴った。

私は咄嗟に「空耳です」と言った。

「いや、誰ぞ訪《おとの》うてきた。お花、怯えるな。たぶん狐だ。さもなければ近所の若い奴らか」

――いいえ、蛇です。お岩さまです。

夫が引き戸を開けた。夜気が雪崩《なだ》れ込んでくるように思われ、たじろいだ拍子に水が揺《ゆ》れて盥の縁《ふち》を越え、私の足に掛かった。

「誰も居ない」と夫がこちらに背を向けたままつぶやいた。「人騒がせなことだ」

途端に、夫の前方で闇が「伊右衛門」と、女の声で低く囁《ささや》いた。

「観念しろ。おぬしらの命が長いものとは、ゆめゆめ思うなよ」

今度こそ私にも聞こえてしまった。髪の根がいっぺんに逆立ち、全身から冷たい汗が噴き出した。生臭い風が、乾いた哄笑を乗せて土間に吹き込んできて、私は板の間に座り込んだ。

夫が「何を小癪《こしゃく》な」と叫ぶなり、私を押し退《の》けて、泥足で屋敷の中へ駆け込むと、すぐに戻ってきた。お役目で支給されている鉄砲を抱えているのを見て、私は我に返った。

「あなた、あなた、そんなもの止《よ》してください。勝手に撃てば、きっと後で叱られます」

「安心しろ。弾は籠《こ》めていない。貸せ」と手燭を奪い取って外へ走っていってしまった。

「岩、姿を見せやがれ！　うちの者に手出しはさせない！　こうしてくれるわ！」

そう怒鳴るや、庭のほうでズドンと轟《とどろ》かせた。直後に、奥から子どもの叫び声が聞こえてきた。

「お菊！」

這うように座敷に行くと、鉄砲を提げた夫が庭から縁先に駆け寄ってきたところだった。

蚊帳の中で、小さな娘の体が網にかかった海老のように反り返って跳ねていた。

白目を剥《む》いている。お菊、お菊と名前を呼びながら抱きかかえたが、細い吐息を一回漏《も》らしたきり、うんともすんとも応えない。

夫が玄関のほうから、私が置きっぱなしにしてきた盥と柄杓を持ってきた。お菊の顔に水を掛けてみたが、意識が戻らない。思わず泣き叫ぶと横面《よこつら》を張られた。

「しっかりしろ。何か気付《きつ》けを持ってこい。権八郎とお染を起こせ」

すでに二人とも駆けつけてきていた。お染が機転を利かせて酢を持ってきた。指先を酢に浸してお菊の鼻の下に薄く塗《ぬ》りつけてやったが、むき身の卵のような裏返った眼球がグルグルと動くばかりだった。

「医者を呼んでくる」と言って、夫が提灯も持たずに夜の中へ駆け出した。

お菊の介抱を続けていたところ、所在なさげにそばにいた権八郎が「鉄之助」と次男の名を呼んだ。振り向くと、鉄之助が襖にすがりつくように立って、じっとお菊を見つめていた。

私と目が合うと、震え声で「母上、父上が鉄砲でお菊を撃ったの？」と訊ねた。

「違いますよ。父上は音を鳴らしただけなの。門や戸を叩く……悪戯者《いたずらもの》がいたから。お菊は吃驚《びっくり》して引きつけを起こしてしまったのよ」

「お菊、治る？」

「治るわよ。父上がお医者さまを呼んできてくださるから、大丈夫」


——そうだったら、どんなにか良かったか。


お菊は六日後に息を引き取った。一度も目を覚まさず、初めの三日ほどは口移しで水を飲ませてやると何度か嚥下《えんげ》したが、その後は飲み込む力も失い、乾き死にした。

次第に肌がしなびて皺《しわ》ばんでゆくのを見ながら、何をしてやることもできなかった。

初七日《しょなぬか》法要の後から、私は雑司ヶ谷法明寺《ぞうしがやほうみょうじ》の鬼子母神《きしもじん》をお百度参りしはじめた。暁《あかつき》に起きて四谷左門殿町から北へ北へとひたすら歩くと、半刻あまりで鬼子母神に着く。急げば明け七つを少し過ぎた頃には家まで戻ってこられた。

鬼子母神の手前に宿坂《しゅくざか》という勾配のきつい坂道があって、初めのうちは上るたびに心の臓が破れそうなほど苦しかったが、慣れて楽に上れるようになった頃、お菊の四十九日を迎えた。

四十九日の暁にも鬼子母神へ行こうとすると、夫に引き留められた。

「今日は行くな。ご住職がおいでになるんだ。支度があるだろう」

「お染と権八郎にやらせてください。帰ればすぐに私も」

「待て！　もう詮無いことなのに、どうして鬼子母神さまなんか」

「……お菊が極楽浄土に行けるようにですよ」と繰り返した。

え、と訊き返した夫に、私は「極楽浄土へ行かしてやりたいからですよ」と繰り返した。

「もう旅立っているだろうよ。あの子は悪いことは一つもしちゃあいなかったんだから」

いいえ、と、私は頭を振って、仏壇の前に佇むお菊のほうを振り向いた。

「そら、お菊なら、そこに立っておりますよ。七日ごとの閻魔《えんま》さまのお裁きで極楽行きが決まると言いますが、お菊はまだ……。七七日《なななぬか》の今日こそ鬼子母神さまにおすがりせねば……。行かせてください。後生《ごしょう》です」

夫は呆然と仏壇に目を向けた。「お菊が、ここに」と、つぶやいた。

「はい。ずっとこの家に居《お》りますよ。あなたには見えませんか」

「見えない」

「……私もお岩さまが見えませんでしたよ。縁先を通ったのでしょう？　あなたとお岩さまは、私とお菊ほどにも縁《えにし》が深かったに違いありません」

「そんなことはない」

「ではどうして、お岩さまは、あなたの目に映ったのでしょう。私には少しも見えはしなかったのに。そしてなぜ、あなたにはお菊が見えないのでしょうね。私には生きているときと変わらない姿でここにいると思われるのに。見えるか見えぬかは、その者に掛けた情の深さに因《よ》るのではありませんか。……私はお岩さまが妬《ねた》ましい」

「馬鹿なことを申すな。岩には悪いことをしたが、それだけだ。お花だけが俺の女房だよ」

行かせていただきます、と言って、私は鬼子母神へ向けて発《た》った。

いつもは庭先から私を見送るだけのお菊が、この日は私についてきた。

死んでからのお菊は口を利《き》かない。夫にはああ言ったが、姿も生前のまんまというわけではなく、肌や眼に潤いや艶がなく、胡粉《ごふん》を塗り重ねた人形のようだ。黒目は戻っているものの瞬きもしない。表情も変化せず、何を考えているのやら、よくわからない。

それでも、やっぱり、私の可愛いお菊には違いないのだ。

「お菊や、この宿坂を越えたら鬼子母神さまですすよ。昔ここは暗闇坂と呼ばれていたそうだけど、今はそうでもないわね。暁烏《あけがらす》が鳴いているわ。ほら、お空があんなに明るんで……」

答えが返らずともかまわなかった。お菊のほうを見やると、瞬かない目が私を見上げた。

「成仏したら、こうして会えなくなるのかねぇ。手を繋ぎましょうか」

小さな手は、石のように硬くて冷たかった。

お菊の足は地面から三、四寸ばかり離れて、宙に浮いている。だから疲れないのだろうと私はぼんやりと考えた。お菊は堪《こら》え性が無く、こんなに歩ける子ではなかった。

やがて急な上り坂が終わり、鬼子母神さまの赤い鳥居の前に出た。

「お菊は、こんな大きな鳥居は初めてでしょう」と話しかけたとき脳裏を田宮家の鳥居が過《よぎ》った。

裏庭の祠の前に、朱の剝《は》げ落ちた小さな鳥居が立っているが、私には何やら恐ろしく感じられ、嫁《とつ》いできてから一度も拝んだことがない。

鉄之助は、あの祠から赤い仔蛇が這い出してきたと言っていた。

そのとき明《あ》け六《む》つの鐘が鳴った。にわかに掌の中でお菊の手が水に変わり、慌てて見下ろすと娘は小さな水溜まりに変わっていた。

だから私は、お菊を極楽浄土へ送り出せたのかと思ったのだ。

けれども、末娘の亡霊は、四十九日の法事を済ませて、私がお百度参りを終えて秋風が感じられる頃になっても尚も家に留まった。

近頃、鉄之助の影が薄いのも気がかりなことだ。

悪い予感のせいで、私は奇妙な夢を見た。その夢の中では、坂道を上って鬼子母神へ向かっているのは私ではなく夫なのだが、彼の後ろにお菊と鉄之助が低く浮かびながら付き従っている。私は身重の身なので彼らについて行くことができず、家で留守番をしている。

そして、孕《はら》んでいるのは毒のある蛇の仔で、産み月を迎える前に私の命も尽きるであろうとなぜか確信しているのだが、もはや怖くも悲しくもなかった。

なぜなら私は悟っていたからだ。あの坂道を下りてくる家路は黄泉平坂《よもつひらさか》のようなもので、お岩さまの怨みを買ったときから、一蓮托生、私たちは六人とも滑り落ちる宿命だったのだ、と。

ここは死の家だ。輿入れの夜に気づかなければいけなかった。もう引き返せない。

せめて夫が――伊右衛門が、現世《うつしよ》に取り残されませんように。

彼がお岩さまから永遠に引き離されて、このお花のものになりますように。

第二章

講談・落語『四谷怪談』のお岩さま

提灯《ちょうちん》と蠟燭《ろうそく》

かつて東京には講談専門の寄席《よせ》・本牧亭《ほんもくてい》があった。

一八五七（安政四）年に上野広小路《うえのひろこうじ》に開場したのが始まりだったが、よくもまあ、そんなときに始めようと思ったものだ。

と言うのも、この当時の江戸は四年前にペリーが黒船で来航してから災難続きで、二年前には大地震で一万人もの犠牲者を出し、前の年にも、後に安政江戸台風と呼ばれる風雨と嵐に伴う大火災により、およそ十万人が亡くなったばかりだったのだ。

ものは考えようで、人々が力を落としているときだからこそ、講談寄席が必要とされたのかもしれない。言い換えれば、それだけ江戸庶民に講談が愛されてきたということだ。

以来、本牧亭は、何度か苦難に見舞われ、移転と再開を繰り返してきて、ついに二〇一一年九月に閉館してしまったのだが、またいつか復活してくれるような気がする。

なにしろ、第二次世界大戦のときには、東京大空襲で亡くなった六代目一龍斎貞山《いちりゅうさいていざん》をはじめ、中堅若手の多くとより所となる寄席を失ったにもかかわらず、終戦のわずか五年後には再建を果たしたのだから。

その頃から本牧亭に出ていた一人が、一九四七（昭和二十二）年に襲名した七代目一龍斎貞山だった。十四歳で先代貞山に入門し、二十四歳で真打《しんうち》に昇進した講談界のエースで、襲名披露がＮＨ

Kラジオで生中継されるほどの大スターだった。

さらに、一九六三（昭和三十八）年に出版された安藤鶴夫作『巷談《こうだん》　本牧亭』が直木賞を受賞すると、本牧亭と共に彼の知名度も上がり、全国どこへ行っても知らぬ者とてないほどになっていた。

――思えば昭和中期のこの頃が講談黄金期だった。

七代目貞山には華《はな》があった。深川生まれのいなせな男前、おまけに創意工夫の才にも恵まれていた。彼は道具仕掛けの怪談を考案し、襲名後は「お化けの貞山」の名で講談の愛好者以外にもその名が知られた。

控えめに言っても相当な酒好きで、還暦前に急逝してしまったわけだが、彼の死については諸説存在する。臨終のしばらく前から入院していたと話す人もいらっしゃる。

だが、私が直接お話を伺った孫娘の一龍斎貞鏡《ていきょう》さんによれば、その夜も七代目貞山は本牧亭の高座《こうざ》に上がっていた。

五十九歳、壮年期の七代目は、鼻筋の通った端正な顔に眼鏡がよく似合い、渋い美声と流れるような名調子で聴衆を魅了する講談界の重鎮だった。

――一九六六年十二月七日水曜日。この日の東京は晴れのち曇《くも》りで、日没から冷え込んだ。下弦の三日月が雲間《くもま》からたまに顔を覗《のぞ》かせる程度の、暗い晩だ。

後に池之端《いけのはた》へ移ったが、この頃の本牧亭は元黒門町《もとくろもんちょう》と北大門町《きただいもんちょう》に挟まれた路地にあった。

そこらは、料亭と豚カツ屋や天ぷら屋といった洒落《しゃれ》たご馳走を食べさせる店が軒を並べる繁華な辺りで、宵の口からかえって往来がにぎわい、年の瀬が迫るこの時季は忘年会の連中が押し寄せるので、二階の座敷に煌々《こうこう》と灯りを点けている店屋が多かった。

そんな中でも、今夜の本牧亭はひときわ目立っていた。名入れ提灯《ちょうちん》に電球を入れて、店先にずらりと下げていたからだ。「満員御礼」「本日千秋楽」と寄席文字で大書《たいしょ》された幟《のぼり》が灯りに照らされながら夜風にはためいている。

「今日は大丈夫だろうね」と、夜の回の入り時刻が近くなったので、表のようすを見に来た前座の若い衆が提灯のほうを振り向いて独り言《ご》ちた。

と言うのも、それまで三日間の演芸祭の間じゅう、毎晩、七代目一龍斎貞山の提灯だけが大きく斜めに傾《かし》ぐという珍現象に見舞われていたのだ。

どの提灯も、上輪《じょうりん》に付いた吊り手にフックを引っ掛けて横棒にぶら下げている。吊り手と上輪は頑丈な金属製で、カーブした吊り手の左右の端が、上輪の穴に深く挿し込まれていた。吊り手のカーブを手で開いて緩めなければ、抜け落ちない仕組みである。

ところが、なぜか貞山の提灯だけが、しばらくすると吊り手の片側が輪から抜けて、斜めに傾いてしまうのであった。

一日目にそうなったとき、すぐに棒から下ろして提灯を点検したのだが、吊り手にも輪にも異常はなかった。それなのに二日目、三日目も気がつけば傾いていた。

他の提灯はなんともない。七代目貞山のだけが、そうなる。

「『四谷怪談』のせいかなぁ」と、その若い衆は怖気《おぞけ》をふるった。

七代目貞山は今夜『四谷怪談』を披露することになっていた。

それだけではない。講談師は『四谷怪談』をするときは必ず事前に於岩稲荷田宮神社《おいわいなりたみやじんじゃ》を参詣する習わしで、今までは七代目もこのしきたりに従ってきたのに、どういうわけか、今回に限ってお詣《まい》りしていないというのである。

だから提灯に異変が起こるのだ、つまりこれはお岩さまの仕業《しわざ》に違いない、と、おそらく関係者一同、鳥肌が立つ思いをさせられてきたわけだが……それも今晩でお終《しま》いである。

やがて貞山の『四谷怪談』が始まった。仕掛けや幽太《ゆうた》を駆使したとびきり怖い口演に聴衆から何度も悲鳴が上がる。ただ怖がっているのではなく、どこか愉《たの》しそうな叫び声なのが、実によい雰囲気だ。

素晴らしい出来だった。七代目一龍斎貞山は還暦を目前にして、いよいよ芸の頂点を極めたようだと誰しも思った。

高座はやんやの喝采《かっさい》で幕を閉じた。追い出し太鼓が打ち鳴らされ、客が帰りはじめて間もなく、

「あ、提灯が落ちてる！」と出入口の方で甲高い声が上がった。

前座の若い衆が小走りに見に行くと、何人かの客が遠巻きに地面に落ちた提灯を眺めていた。灯りの列にぽっかりと空隙《くうげき》ができた位置と昨日までのことから、貞山の提灯だとわかって、みんな恐れているのだ。若い衆だって怖かった。

師走の夜寒《よさむ》のせいばかりではなく、背筋を凍りつかせながら及び腰で拾いあげたところ、路地の

向かいにいた呑み屋の呼び込みが話しかけてきた。

「それさぁ、太鼓がデテケデテケって鳴るよっか少し前に、いきなしポタッと落ちたんだぜ。誰の提灯かと思って見てみたら、お化けの貞山先生のじゃねえか。おっかないねぇ!」

――この後、彼は脳溢血《のういっけつ》の発作に倒れて生涯を終えたのである。


八代目一龍斎貞山も二〇二一年に永久の眠りについた。

娘の一龍斎貞鏡さんによると、父・八代目貞山は『四谷怪談』を一度も語らなかった。

七代目の長男である彼は、父を亡くした当時大学一年生。この頃はまだ講談を志しておらず、父の死後に六代目神田伯龍《かんだはくりゅう》の養子になった。そして大学卒業後、養父・神田伯龍に師事して講談師となり、本牧亭で初舞台を踏んだ。

「深く畏《おそ》れていたのでしょう。それだけではなく〝お化けの貞山〟に憚《はばか》る気持ちもあったと思います。七代目貞山の『四谷怪談』は名高かったので、師匠として尊敬していたからこそ避けたのかもしれません」

永久欠番のような感覚だろうか……。

だが、七代目の孫でもある貞鏡さんは『四谷怪談』を何度も口演してきた。初めて講談の魅力に目覚めたきっかけも、怪談だったという。

「大学で英文学を専攻していた二十歳のとき、国立演芸場で父の『牡丹燈記《ぼたんとうき》』(圓朝《えんちょう》の『牡丹燈籠《ぼたんどうろう》』のもとになった中国・明代の怪談)を聴いたら、頭の中に不思議で美しくて鮮やかな世界がサーッと広がったんですよ。こういうものがあったのかと深く感銘を受けて、そのとき初めて講談師になって父の跡を継《つ》ぎたいと思いました」

しかし、八代目貞山は、弟子を増やすことに積極的ではなかった。

「一年ぐらい毎日のように父に弟子入りを懇願していたら、急に年末に『支度しろ。行くぞ』と父が……。何かと思えば、貞水《ていすい》先生のところへ挨拶に連れていってくれました」

二〇二〇年に死去した六代目一龍斎貞水は、その当時は講談協会会長であり、二〇〇二年、講談界初の重要無形文化財の指定を受けた人間国宝であった。

この貞水こそが、仕掛けを工夫した〝お化けの貞山〟の芸を引き継いだ人でもあった。現代に合わせて音響や照明を駆使したその怪談噺は〝立体怪談〟と呼ばれて人気を博した（私も彼の『四谷怪談』のＤＶＤを持っている）。

――さて、こうして貞鏡さんは二〇〇八年に講談師への一歩を踏み出し、苛酷な修業を乗り越えて二〇一二年に二ツ目昇進、さらにその十年目には令和四年度文化庁芸術祭新人賞を受賞した。実祖父が七代目一龍斎貞山、義祖父が六代目神田伯龍、父が八代目貞山である貞鏡さんは、世襲を旨としない講談の世界にあってともすれば逆風を受けてきたが、これで実力を世に示した形だ。

尚、貞鏡という名は、彼女の祖父であるお化けの貞山こと七代目の襲名前の名前である。

貞鏡さんは、軍記物、毒婦伝など幅広いレパートリーをお持ちだが、血のなせるわざなのかどうか、怪談噺の評判も高い。幾度となく怪談を語るうちに、ご本人も怪談の世界に取り込まれつつあるのではないかと思いたくなるような逸話もお持ちだ。

神秘的なエピソードを二、三聴いた。実は、そのうち一つをユーチューブで目の当《ま》たりにしたことがきっかけで、彼女にインタビューを依頼したのである。では、まずはその話から。

——二〇二二年七月三日、いったん止んだ雨が、読経《どきょう》が始まる午後三時頃になって再び降りはじめた。しかも朝のうちは小雨だったのに本降りになりそうな気配で。

昨日までの十日間、一滴も降らなかったのに、今日になって急に降りだすとは、お岩さまの涙《なみだ》雨《あめ》だろうか。

本堂に集った聴衆の間では、そう囁《ささや》き合う声も聞かれたのではないかと思う。彼らの多くはこ妙法寺《みょうほうじ》の信徒で、前回までの貞鏡さんの噺を憶《おぼ》えている者が多かった。「講談師 冬は義士 夏はお化けで飯を食い」と言うけれど、夏だからといって、この寺で貞鏡さんが怪談噺をするとは限らなかった。

去年の夏は『日蓮聖人《にちれんしょうにん》御一代記《いちだいき》』をここで読んだ。

法話講談も貞鏡さんの得意とするところだ。元はといえば貞鏡さんの父の養父で師でもあった六代目神田伯龍が法話講談を能《よ》くしたそうだ。つまり義祖父から受け継がれてきた芸である。

さて、会場となった妙法寺も日蓮宗の寺院である。日蓮聖人の一番弟子、日昭聖人《にっしょうしょうにん》が布教の拠点とした唯一の古刹《こさつ》で、七百年以上の歴史を誇る。

日蓮宗やお岩さまのお墓のある法華宗《ほっけしゅう》は法華経《ほけきょう》を聖典とし、「南無妙法蓮華経《なむみょうほうれんげきょう》」というお題《だい》目《もく》を繰り返し唱える。

「南無妙法蓮華経、南無妙法蓮華経、南無妙法蓮華経」

当代住職が静かに読経を終える――と、本堂の照《あかり》が落とされた。午後四時、須弥壇《しゅみだん》の前に巨大な蠟燭《ろうそく》が灯され、黒紋付に身を包んだ貞鏡さんがしずしずと登場した。

釈台《しゃくだい》の後ろに座り、台の右端に張扇《はりおうぎ》を置き話しはじめるや、たちまち仄暗い怪談の世界へ聴衆を誘った。

今回は『四谷怪談完結編』を語ることが妙法寺の公式サイトや貞鏡さんのSNSであらかじめ告知されていた。

本来、講談の『四谷怪談』は、「お岩誕生」「伊右衛門《いえもん》の誕生」「お岩の身売り」「風車長兵衛《かざぐるまのちょうべえ》」「秋山長右衛門《あきやまちょうえもん》」「伊東快甫《いとうかいほ》鼠《ねずみ》責め」「妙善《みょうぜん》殺し」「伊右衛門の最期」の八章で構成されている。見せ場を中心に捉え直した場合、全二十段以上になるだろうか……。

昔は十日も掛けて演《や》ったものだというが、昨今では一章のみ披露するか、持ち時間に合わせて各講談師が適宜《てきぎ》に編集しているという。

貞鏡さんが完結編と名付けたのは、四十分で読めるようにアレンジした『四谷怪談』の後半で、組頭・伊東快甫《かいほ》の娘・お花と伊右衛門と出逢う下りから始まっていた。

夜も更《ふ》け、伊東快甫の屋敷を訪れていた伊右衛門が「屋敷では岩という妻が待っておりますゆえ」と暇乞《いとまご》いをすると、伊東快甫は「ああ、さようで。ではまた近いうちにお越しください」と返すのだが。

「伊右衛門が屋敷の玄関へ向かったとき、駆けつけて参りましたのが最前のお花」と、ここで貞鏡さんが地の文を読む――講談で「読む」というのは暗誦《あんしょう》するという意味で、文章を読むわけではない。一人芝居の役者兼ナレーターのようなもので、頭に叩き込んだ物語の世界を声色《こわいろ》を使い分けながら演じるのである。

伊右衛門が帰ろうとしたところ、お花が来て「どうか、どうか近いうちにお出《い》でになってくださいまし。でないと、花は寂しくて死んでしまいます」と掻《か》き口説いたそのとき、奇妙なことが起きた。

須弥壇の前に立てた左右一対の蠟燭のうち、向かって左側のほうが消えてしまったのだ。

風に揺《ゆ》らめいたようすもなく、それまで高々《こうこう》と上がっていた炎が急に軸の中へ吸い込まれたかのように見えた。大人の腕ほどもある大蠟燭である。水を掛けでもしない限り、そんなふうに消えるはずがない。

恋敵に夫の心が盗まれる、お岩さまにとっては呪《のろ》わしい場面に違いない。

客席に、さざなみのように動揺が走った。だが、貞鏡さんは背後にある蠟燭には気づかず、先を続けた。

やがて、いよいよ終盤に入り、お岩さまを夜鷹《よたか》長屋へ売り飛ばした人買いの風車長兵衛の女房・おかねが死ぬ段となった。お岩さまがおかねに憑依《ひょうい》して自害させるという一龍斎貞鏡オリジナルのアレンジだったのだが、「おかねは歩くでもなく浮くでもなく、スーッとお勝手元へやって参りますと……」と貞鏡さんが言った途端に、今度は右の蠟燭が消えた。

おかげで、続いて貞鏡さんが出刃包丁に見立てた扇子《せんす》を不気味な笑いと共に我とわが胸に突き立てたときには、彼女にお岩さまが憑依しているように思われた。

最後に「はて恐ろしき、女の執念！」という締め口上があり、明るくなった本堂に住職が現れて蠟燭のことを告げ、振り返って火が消えているのを見た貞鏡さんが悲鳴を上げる——。

ここでユーチューブの動画が終わっているのだが、私は蠟燭に仕掛けが施してあったのではないか、と、疑っていた。

しかし貞鏡さんによれば、仕掛けは一切されていなかったそうだ。

「蠟燭ぐらいで済んでよかったと思います。誓って何も細工はしていません。ご住職にも確かめました。種も仕掛けもなく、消えたんです」


貞鏡さんは以前にも『四谷怪談』がらみで不思議な体験をしたことがあるという。

十年あまり前に、六代目一龍斎貞水の『四谷怪談』の舞台で幽太《ゆうた》を担当したとき、舞台袖で待機していると、後ろから誰かが低い声で「ちょっと、ちょっと」と言いながら肩をチョンチョンと突っついた。

振り向いても誰もおらず、ただ暗闇があるばかり。

驚いて寒気を覚えたが、ちょうど出るタイミングだったので、とりあえず急いでお化けのお面を被って舞台に飛び出した。

舞台がハネてから、肩を突っついたのは誰か、関係者に訊《たず》ねて回ったが、あのとき舞台袖に居たのは貞鏡さんだけだったはずだと、全員口を揃えて言った。

なぜ『四谷怪談』を演《や》るときに怪異が起きるのだと思いますかと訊ねると、彼女はしばらく考えて、こんなふうに私に答えた。

「お詣りをしないと祟《たた》られると言いますが、お詣りをしたぐらいでは……。今回の妙法寺のときも、六月末ぐらいに田宮神社をお詣りしたのに、あんなことが起きたので。『四谷怪談』は事実を捻《ね》じ曲げて創られた話ですから、お岩さまは心底無念に感じているのではないでしょうか」

彼女は、於岩稲荷田宮神社が提唱する説に則《のっと》って、実際のお岩さまは幸せな一生を送ったと考えているそうだ。

その一方で、「『四谷怪談』に限らず怪談噺をするときは必ず於岩稲荷田宮神社へ行くことにしています。お岩さまはお化け界のトップという説もあるので」と仰《おっしゃ》った。

人間のお岩さまと、お化けのお岩さま――事実と創作。

相反する二つを並び立てながら、両方に敬意を払う。

私には、そこに言霊《ことだま》を信じる日本人ならではの感性が表れていると感じられた。

言葉には力がある。もしかすると、三百年以上昔から、本に書かれ、語り継がれてきたが故に、実在した（と言われている）お岩さま同様に、創作された物語のお岩さまも、別途、霊魂を持ってしまうほどに。

いくら怖いことが起きても、『四谷怪談』を読み続けたい、と貞鏡さんは言う。

「やはり七代目一龍斎貞山からの伝統ですから……。一龍斎のお家芸『赤穂義士伝』と並ぶほど、『四谷怪談』は私の中では大きな存在なんです。二〇一九年に初めて妙法寺さんで講釈を読ませていただいたときにも〈お岩さま誕生〉を演ったんですよ」

そういえば貞鏡さんは、私も何度かゲスト出演しているテレビ番組《北野誠のおまえら行くな。》に出演されたときにも、於岩稲荷田宮神社で『四谷怪談』を読んでいた。

それが二〇一六年のこと。

インタビューの終わりのほうで、何か他に心霊体験をされたことがありますかと質問した私に、「六年前に泊まった大阪のホテルでの出来事です。夜中に目が覚めて、なんとなくベッドの足もとに気配を感じ……」と、ご自身の不思議な体験を語ってくれた。

ここではその詳細を書くことは控えるが、二〇二二年秋にインタビューしたので、六年前といえば二〇一六年ということになり、於岩稲荷で『四谷怪談』を読んだのと時期が前後すると思ったが、貞鏡さんご自身はそのことにまったく気がついていらっしゃらないごようすだった。

それもまた、怖いことである。

一、講談『四谷怪談』とは

講談版の『四谷怪談』は江戸時代後期の講談師・乾坤坊良斎《けんこんぼうりょうさい》によって作られたと言われている。乾坤坊良斎は一七六九（明和六）年生まれで、神田松枝町《かんだまつえだちょう》の貸本屋の息子だった。没年は一八六〇（万延一）年。当初は落語を志して初代三笑亭可楽《さんしょうていからく》に弟子入りするも挫折して、講談師に転向した後、演者としてよりむしろ作家として才能を開花させた。今も良斎ダネと呼ばれる『お富与三郎《とみよさぶろう》』『白子屋政談《しらこやせいだん》（髪結新三《かみゆいしんざ》）』など講談と落語の両様で通ずる独特の演目を数十編も残した。今回確たる証拠は入手できなかったものの、四世鶴屋南北による『東海道四谷怪談』の初上演（一八二五年）の頃にはすでに乾坤坊良斎版『四谷怪談』が読まれていたとする説があり、嘉永年間（一八四八年から一八五四年）に世話物で評判を取った幕末の講談師・初代一立斎文車《いちりゅうさいぶんしゃ》の十八番だったとされる。

内容的には『四ッ谷雑談集《ぞうだん》』と重なる部分も多いものの、怪奇現象が少なめで登場人物の死因の多くが病死だった『四ッ谷雑談集』と異なり、講談版では、お岩さまの霊が頻々《ひんぴん》と出没して派手な心霊現象が起き、多くの者が喰い殺されたり斬られたりと血みどろで無惨な死に方をする。また、失踪したお岩さまのその後の行方が杳《よう》として知れなかった雑談集と違って、青山久保村辺りで行き倒れて畑に葬られたようだとする、かなり具体的な逸話が語られる。

お岩さまと伊右衛門の前日談を加えることによって、因果応報の概念を取り込んでいるのも講談版の大きな特徴だ。因果応報は善悪の因縁に応じて吉凶の果報を受けると説く仏教用語で、「親の因果が子に報《むく》う」パターンが古典怪談ではよく用いられてきた。私見ではあるが、庶民の生活に浸透していた仏教的な道徳観に目配りしつつ、不可解な現象に説得力を持たせるためだったのではないか。

主要なキャラクターの人間味も増している。ことに『四ッ谷雑談集』と比べると、伊右衛門《いえもん》の変化が目覚ましい。講談版の伊右衛門は、善と悪の間で揺《ゆ》れ動く。殺人者の息子という烙印を捺《お》された少年が悪党になっていく過程が描かれ、あまつさえ一度はお岩さまの良き夫として更生しようとする。ところが、まるで振り子のように再び悪のほうへ戻ってしまうのだ。このような人生の悲哀とアイロニーは『四ッ谷雑談集』では描かれなかった。不幸な生い立ちの美青年が怪しい占い師としてワイルドサイドを歩いていたところへ、まっとうな社会的地位を得る機会を得たけれど……というリアリティのある設定を伴った立体的な人物像によって、非常に魅力的な悪役になっている。

つまるところ、講談版は格段にエンターテインメントとして完成されているのだ。講談は本来、実話を脚色して講釈することを旨としているのだが、お岩さまの物語を実話の頸木《くびき》から初めて解き放ったのは講談だったのかもしれない。

ちなみに講談は『四谷怪談』に限らず、講談師によって設定が異なる。さすがに物語の骨子は不変なのだが、登場人物の名前や肩書、時には作中で起きる出来事までも講談師によって変わってしまうのである。そこで、講談版のあらすじをご紹介するにあたっては、講談師として初の人間国宝に輝いた六代目一龍斎貞水《ていすい》のものを選ばせていただいた。関心を持たれた方はぜひ、現在活躍されている講談師の方々が読む『四谷怪談』をお聴きになったり、音像化されたものをご購入いただきたいと切に願う。

六代目一龍齋貞水版・春錦亭柳桜版『四谷怪談』の時代

西暦	和暦	ストーリーの中のできごと	一般のできごと
1710	宝永		
	正徳	お岩さま誕生 ≪一≫お岩誕生 お岩誕生	1716 享保の改革開始
1720	享保		1727 『四ッ谷雑談集』
1730	享保		1732 享保の大飢饉
	元文		
1740	寛保	お岩さま25歳 ≪二≫〜≪五≫ お岩失踪後	

六代目一龍齋貞水版・春錦亭柳桜版『四谷怪談』の舞台

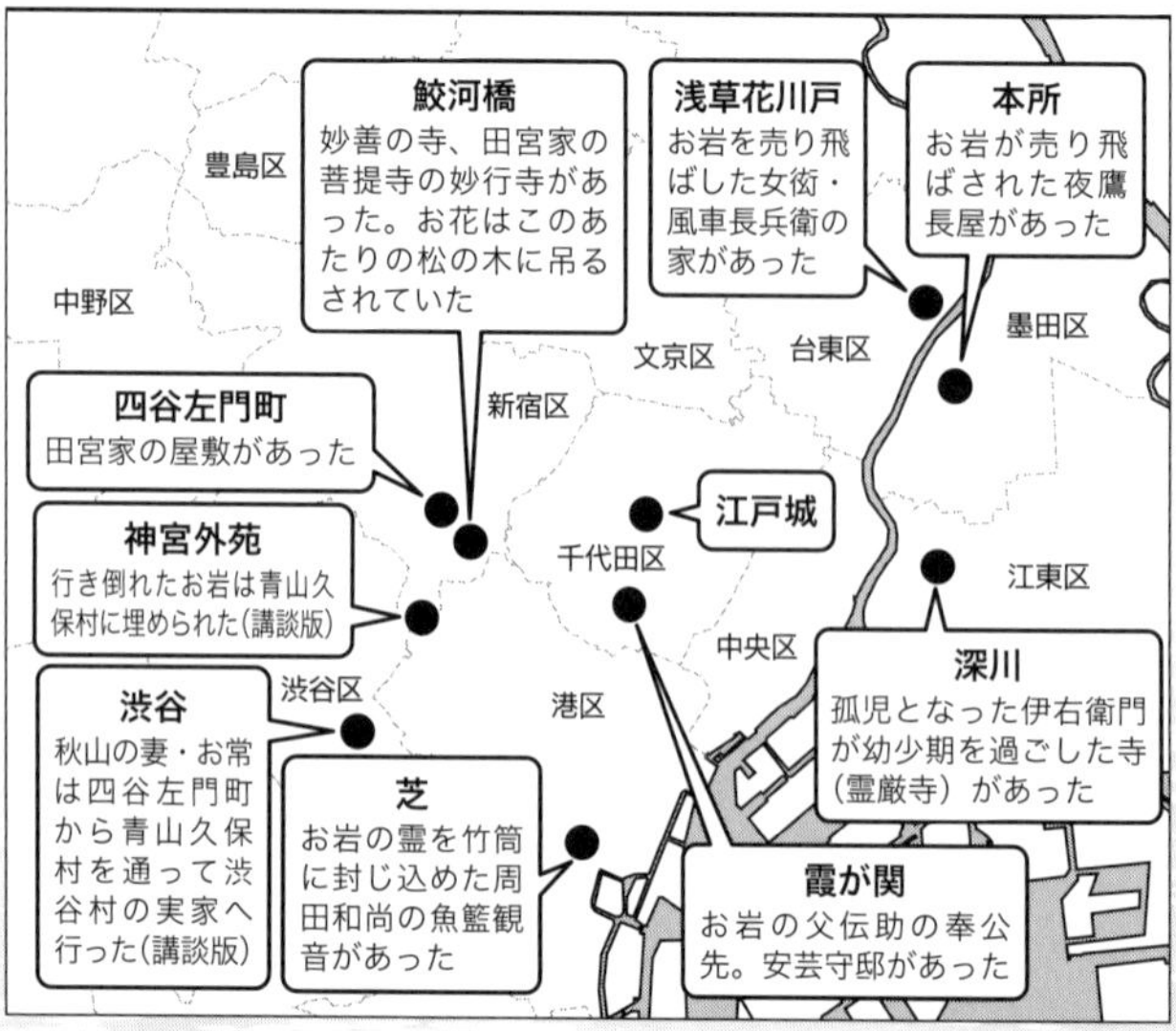

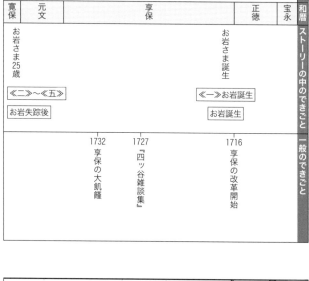

豊島区
中野区
文京区
台東区
墨田区
新宿区
千代田区
江東区
中央区
渋谷区
港区
鮫河橋
妙善の寺、田宮家の菩提寺の妙行寺があった。お花はこのあたりの松の木に吊るされていた
浅草花川戸
お岩を売り飛ばした女衒・風車長兵衛の家があった
本所
お岩が売り飛ばされた夜鷹長屋があった
四谷左門町
田宮家の屋敷があった
神宮外苑
行き倒れたお岩は青山久保村に埋められた(講談版)
江戸城
深川
孤児となった伊右衛門が幼少期を過ごした寺（霊厳寺）があった
渋谷
秋山の妻・お常は四谷左門町から青山久保村を通って渋谷村の実家へ行った(講談版)
芝
お岩の霊を竹筒に封じ込めた周田和尚の魚籃観音があった
霞が関
お岩の父伝助の奉公先。安芸守邸があった

六代目一龍齋貞水版『四谷怪談』の人物相関図

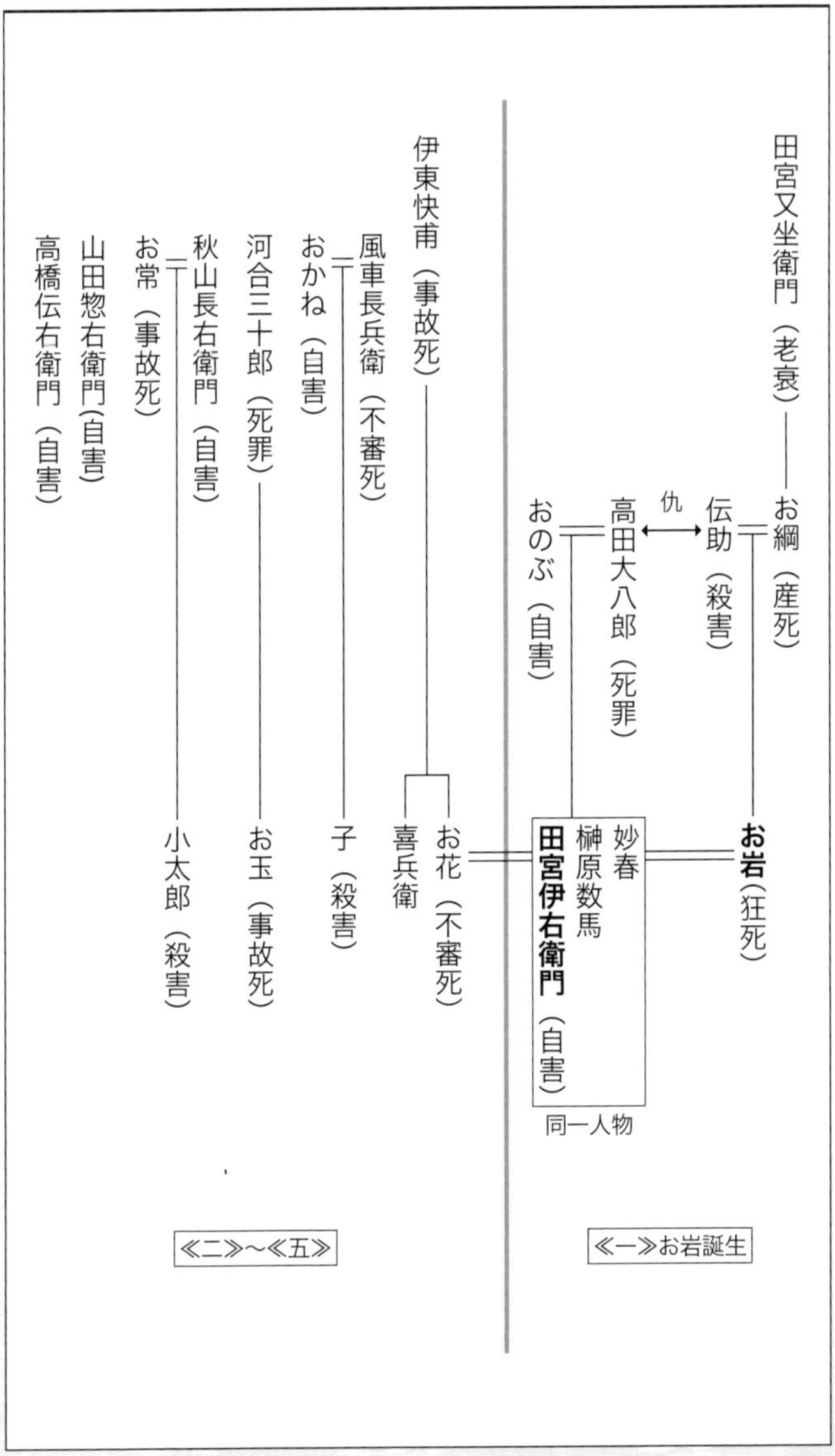

六代目一龍斎貞水版『四谷怪談』あらすじ

貞水版『四谷怪談』は原型にある起承転結を語りながらも、巧みに整理されている。逆に、整理されているがために、いわば「お岩さま物語」から外れた小エピソードはことごとく削られている。講談好きな方は「大川弥之助妖怪退治がないじゃないか」と思われるであろうか……。「伊右衛門の寺小姓時代の破戒噺」「快甫の子・喜兵衛の吉原百人斬り」といったそれなりに面白い小噺《こばなし》も省いてしまうことが少なくなかったようだ。

尚《なお》、日本クラウンから発売されたDVD（二〇〇四年にパルテノン多摩で上演された舞台の録画）と五巻組のCD『四谷怪談』や、影向舎《ようごうしゃ》が限定販売していた湯島天満宮参集殿で開催された「一龍斎貞水・連続講談の会」の『四谷怪談』（全七回）のCD、フレーベル館の書籍『一龍斎貞水の歴史講談（1）恐怖の怪談』を参照し、それらの内容を突き合わせて要点をまとめたことを述べておく。

《一》お岩誕生　～お綱《つな》と伝助《でんすけ》

享保の頃、田宮又坐衛門《たみやまたざえもん》という御先手組同心《おさきてぐみどうしん》がお綱という一人娘と四谷左門町《さもんちょう》の組屋敷に住んでいた。お綱は七歳のときに松皮疱瘡《まつかわぼうそう》に罹《かか》り、顔が痘痕《あばた》だらけで、なかなか嫁の貰い手がなかったが、十八歳のあるとき、田宮家に住み込みで働いていた伝助と男女の仲になってしまった。使用人と主家の娘の関係は不義密通にあたる。だが、醜いお綱が夫を得る機会はまたとなく、又坐衛門は、勘当の体《てい》を装って、二人が住む長屋を借りてやる。

伝助は、広島安芸守《あきのかみ》の足軽小屋で飯炊き奉公をして稼ぎはじめた。彼の子を宿したお綱が産み月にさしかかったちょうどその頃、安芸守が参勤交代で足軽を連れて国許《くにもと》へ帰った。だが、足軽小頭《こがしら》の高田大八郎《たかだだいはちろう》だけは病気を口実に江戸に残った。

伝助はいつもどおりに足軽小屋へ出勤した。足軽小屋には誰もいない……と思いきや、二階で合羽笊《かっぱざる》に入った男の亡骸《なきがら》を発見する。首が胴から離れており、斬り殺されたことが明らかだった。死体を見つけた伝助が慌てふためいているところへ大八郎が戻ってきて、この死体は伊勢屋《いせや》重助《じゅうすけ》という金貸しで、しつこく返済を迫ってきたので斬り殺したのだと言い、口封じのために伝助のことも殺そうとする。伝助はもうすぐ赤ん坊が生まれるので必死に命乞いをした。すると大八郎は見逃してやる代わりに死体をどこかへ捨ててこいと伝助に命じた。

伝助は亡骸を雨合羽《あまがっぱ》で包んで背負い、捨てる場所を探しまわった。しかし適当な場所を見つけられず、家に伊勢屋重助の死体を持ち帰った。根が善良で愚かな彼は、死体を押し入れに隠しておいて、伊勢屋の妻・おふみに夫が殺害された旨を知らせに行った。

その頃おふみは、夫の行方を捜しに行って大八郎に斬り殺されていた。おふみが幽霊となって、出産間近なお綱が留守番している伝助の家へ行くと、押し入れから夫の血塗れの死体が転がり出して……。お綱は、悲鳴を上げた拍子に産気づいて赤ん坊を産むと、ショックのあまり急死する。戻ってきた伝助は、この騒動に恐れおののいて雲隠れし、大八郎も江戸から姿を消す。赤ん坊はお綱の父・田宮又坐衛門が引き取って「岩」と名付けた。

逃亡中の高田大八郎は、下総国の久保田川の土手で、悪漢に絡まれていた大店の番頭夫婦を助ける。家に招かれ滞在するうち、番頭の娘、おのぶと関係して男児をもうける。

五、六年後の享保八年。家庭を持った大八郎は手習いの師匠になり、真面目に働いていた。天満宮の祭礼の日、久保田川で釣りをしていた大八郎は、偶然、乞食《こじき》となった伝助に再会するが、過去の行いを蒸し返されることを恐れて、伝助を斬り殺し、遺体を川に捨てた。翌日、伝助の遺体が発見される。夢でうなされた大八郎は、寝言を言い、それがもとで捕縛され獄門となる。夫が大罪人だったと知って、おのぶは自殺。

遺児は、深川の霊巌寺《れいがんじ》に入れられて妙春《みょうしゅん》という名でしばらく修行したが、役者のような美男であり、芸者遊びに溺れて破門された。妙春は流転の果てに榊原数馬《さかきばらかずま》と名を変えて易者になり、美形なので婦女子の人気を得て評判を取る。

一方、お岩は心根は美しいが、七歳のときに患った疱瘡のために、亡き母・お綱とそっくりな醜い顔をしており、二十五歳の今、婿《むこ》探しに苦労していた。やがて数馬は、田宮又坐衛門の同僚の同心・河合三十郎《かわいさんじゅうろう》によってお岩に引き合わされた。又坐衛門は、数馬が娘夫婦の仇・高田大八郎の息子とも知らず、お岩と結婚させた。

《二》**風車長兵衛《かざぐるまのちょうべえ》 ～お岩の身売りと祟《たた》りの始まり**

田宮家に婿入りした榊原数馬は、田宮伊右衛門《たみやいえもん》と名乗り、当初は財産目当てだったが、お岩の心根に惚《ほ》れ、自分の父親がお岩の親の仇と知り、罪滅ぼしのためお岩を大事にする。

やがて田宮又坐衛門が他界し、当主になった伊右衛門は、御先手組同心の河合三十郎と秋山《あきやま》長右衛門《ちょうえもん》によって組頭・伊東快甫《いとうかいほ》に紹介され、正式に田宮家を継ぐ。

伊東家の屋敷で、快甫の娘・お花が伊右衛門に一目惚れする。娘を溺愛している快甫は、伊右衛門にお花と結婚しろと迫った。伊東家は百二十石取りと裕福で、お花は十八歳の絶世の美女。財産も分けるし地位も約束すると言う。これで心変わりした伊右衛門は、河合三十郎、秋山長右衛門、伊東快甫とで、お岩を追い出す作戦を立てる。

河合三十郎が浅草で女衒《ぜげん》をしている風車長兵衛の力を借りて、「伊右衛門は金貸しから二十両の借金をした。即刻返せなければ首が飛び、田宮家はお取り潰しになる。二十両を返すために夜《よ》鷹《たか》長屋で働いてもらう」という作り話でお岩を騙《だま》す。お岩は、「伊右衛門が迎えに行くから」という約束を信じて、客を取ることを頑として拒《こば》み、炊事洗濯針仕事にこき使われる。

しばらく経ったある日、偶然、旧知の小間物屋の伊助と再会。話すうちに、お岩は事の真相をすべて知る。衝撃のあまり倒れて顔を石の角で打ち、血濡《ぬ》れの顔で怨《うら》みをあらわにし、四谷方面へ飛ぶように走り去る。

浅草花川戸の戸崎長屋にある風車長兵衛の家では、長兵衛の妻・おかねが出産したばかり。赤ん坊が元気に泣いているところへ、お岩失踪の知らせが入り、長兵衛は夜鷹長屋へ。

長兵衛はなかなか帰らず、深夜、隣家の老婆が訪ねてきて、奇怪な女の話をする——青山久保村で、顔が腫《は》れあがって右の目玉が飛び出した瀕死の女が倒れており、「今に見ていろ」と怨めしそうに言っていた。その後、用を済ませて帰る途中、入谷田圃《いりやたんぼ》で「花川戸の戸崎長屋はどこですか」と声を掛けられ、振り向いたら、さっきの行き倒れの女だった——。

そのとき、真夜九《まよここの》つの鐘が鳴り、おかねは顔つきがかわり、「お前の親父が悪いんだよ。よくも私を夜鷹長屋に売ったな」と言いながら抱いていた自分の赤ん坊の頭に噛《か》みつく。赤ん坊を喰い殺したおかねは川へ身投げして彼《か》の世へ。長兵衛は戸崎長屋を追われた。

《三》南瓜畑《かぼちゃ》 〜秋山乱心

組頭・伊東快甫の腹心秋山長右衛門には、お常《つね》という妻がいた。ある日、お常は、中間《ちゅうげん》を伴って渋谷村の実家へ出掛けた。夕方近くに渋谷村を発ち、四谷左門町へ向けて帰途に就いた。二人は青山久保村の辺りで団子茶屋に立ち寄り、休憩した。辺りはすでに黄昏《たそがれ》て、茶屋の周囲は畑ばかり。そこでお常たちは、近在の者から、ここであった行き倒れの話を聞く。

歳の頃二十七、八の女が、顔に大怪我を負い、片目が潰れていて、村人が見つけたときにはすでに虫の息で道端に倒れていたという。その女は、息を引き取る前に「秋山、河合が怨めしい」と繰り返した。役人にも女の身許《みもと》がわからず、仕方なく近くの畑に埋めたが、そこに蛇がうじゃうじゃと湧き、やがて女の顔にそっくりな南瓜がたくさん実ったというのである。

お常は怯えて、帰宅直後に気を失った。秋山長右衛門と息子の小太郎は、中間から青山久保村での話を聞かされる。その夜、田宮伊右衛門が秋山家を訪れると、お常にお岩が憑依《ひょうい》して、伊右衛門に襲い掛かった。止めに入った長右衛門が、うっかりお常を死なせてしまう。

お常の通夜の晩、うたたねした長右衛門は、お岩の夢を見て、咄嗟《とっさ》に刀を一閃《いっせん》させると、悲鳴を上げて倒れたのは息子の小太郎。長右衛門は錯乱して自害し、秋山家は全滅する。

《四》伊東快甫鼠《ねずみ》責め　～妙善《みょうぜん》殺し

秋山家の悲劇を知った御先手組《おさきてぐみ》組屋敷の一同は、お岩の祟りに震えあがり、組頭・伊東快甫は怯《おび》えが高じて倒れ、狂気に取り憑《つ》かれた。やがて家族や使用人に見放され、屋敷には息子の喜兵衛と中間ばかりとなる。

そんなある日、快甫が眉間を鼠に齧《かじ》られる。息子の喜兵衛は中間に命じて、快甫の蒲団の周りに、鼠除けの蚊帳《かや》を吊るさせたが、蚊帳の中に入り込んだ鼠の大群に快甫は喰い殺されてしまう。

喜兵衛が快甫の亡骸を葬ろうとしたそのとき、真夜九つの鐘が鳴り、お岩の幽霊が天窓から、「おいでおいで」と快甫の遺体を呼び寄せた。すると亡骸がふわりと浮いて、天窓へ向かっていき、そのまま西の方角へ飛び去ってしまった。翌朝、荒木横丁で見つかった快甫の亡骸は野良犬たちに喰いつくされて、もはや骨ばかりになっていた。

御先手組の同心ら四十七人と喜兵衛で、四谷鮫河橋《さめがはし》の法華宗《ほっけしゅう》の寺から僧侶・妙善を呼び寄せ、快甫の葬式を執り行った。

葬式の後、妙善の寺へ四谷左門町から使いが来た。河合家の七歳になる娘・お玉の死を知らせるものだった。家の二階から落ちて下にあった忍び返しに喉を突き刺されるという無惨な死に方を聞いて、妙善はお岩の祟りだと確信した。三十郎は伊右衛門とお岩を結びつけた張本人でありながら、お岩の身売りにも加担したため、娘が血祭に上げられたのだ……と。その夜、お岩の幽霊が現れると、三十郎は一刀のもとに斬り捨てた。だが、血を流して事切れていたのは妙善だった。三十郎は乱心の後、処刑台の露と消えた。こうして河合家も終わった。

《五》伊右衛門の最期

伊右衛門は、妻・お花が快甫の一人娘だったことから御先手組同心の組頭に抜擢されたが、お花にお岩の怨霊が憑依し、伊右衛門につかみかかってきたり、昼夜を問わず怨みごとを言うようになる。

伊右衛門と組屋敷の同心たちは、魚籃《ぎょらん》観音の周田《しゅうでん》和尚にお花に憑《つ》いたお岩の霊を祓《はら》い落とさせようとした。和尚は霊験あらたかな僧で、秘術を用いて竹筒にお岩の霊を封じ込めると、経文をしたためた紙を竹筒に貼って箱に入れ、組屋敷の空き地に埋めた。

お花は元通りになり、四谷左門町に平和が戻って、数ヵ月が過ぎた。冬の夕暮れどきに田宮家に風車長兵衛[※1]が訪れ、幾らか恵んでくれと伊右衛門にすがりついた。伊右衛門は一銭もやらずに長兵衛を追い返す。

長兵衛は復讐《ふくしゅう》を思いつき、お岩の怨霊が封じられた竹筒を割る。すると雷のような音が轟《とどろ》き、真っ赤な火の玉が躍り出たかと思うと、目の前で音を立てて爆《は》ぜた。

翌朝、昨夜の音を聞いていた組屋敷の同心・山田惣右衛門《そうえもん》と高橋伝右衛門《でんえもん》※2が駆けつけると、風車長兵衛は耳、鼻、口から鮮血をあふれ出させ、目玉が飛びだした無惨な死体になっていた。山田と高橋が伊右衛門に知らせようと田宮家に行くと、家の中から白っぽい女の影が飛び出して走り去り、家には小さな鼠にたかられて寝入っている伊右衛門がいるだけで、お花はいなかった。

山田と高橋は伊右衛門を起こして、仏間《ぶつま》にこもらせ、お花を捜索に出る。

お花は、鮫河橋のそばの松の木にあられもない姿で逆さ吊りになっていた。まだ息があったので駕籠《かご》に乗せて組屋敷に運ぼうとしたが、途中で断末魔の悲鳴が上がり、見れば、首を引き千切られて死んでいた。山田と高橋は責任を感じて、その場で刀で刺し違えて死んだ。

血の滴るお花の生首を手にしたお岩の霊が、組屋敷へ向かう。田宮家では伊右衛門が仏間でお岩の成仏を一心に祈っていた。仏壇からお花の首が転げ落ちてきて、お岩の霊の哄笑が響く。絶望した伊右衛門は刀を脇腹へ突き立てて自刃した。

その後も土地にお岩の念が残っているのではないかと恐れた組屋敷の者たちが、稲荷を勧請《かんじん》して田宮家の跡に祀《まつ》った。お岩の菩提《ぼだい》は鮫河橋にある法華宗の妙行寺《みょうぎょうじ》で弔《とむら》われた。

※1　五巻組では風車長兵衛ではなく町田治左衛門。
※2　二〇〇四年貞水夏舞台では山田と高橋ではなく河合三十郎と秋山長右衛門。その他、舞台により異なるアレンジが施されているのも講談の魅力。

二、落語『四谷怪談』とは

先述のとおり春錦亭柳桜《しゅんきんていりゅうおう》は講談版を改作した落語版を口演していた。その速記が『夏柳《なつやなぎ》夜半伏魚梁《よわのふせや》』という題名で『やまと新聞』の附録として四回連載され、これが後に『春錦亭柳桜口演　四谷怪談』として一八九六（明治二十九）年に一二三《ひふみ》館から出版された。本文ページの天に「柳桜一世一代口演」と銘打たれていること、死後あらためて刊行されたことから、評判の高さが偲ばれる。

国立国会図書館デジタルコレクションで全編が公開されているので読んでみたところ、たとえば、幕末生まれの講談師・初代悟道軒円玉《ごどうけんえんぎょく》の『長篇講談　四谷怪談　お岩稲荷利生記《りせいき》』といった古い講談と筋が似通っていた。初代悟道軒円玉版の細部を削り落とした簡略版という感じである。

貞水版と異なる点は、まず、全体にエログロ趣味が濃厚なこと。当時の時代の空気だろうか。『やまと新聞』に入社した絵師・月岡芳年《つきおかよしとし》が無惨絵（血塗れ絵）を盛んに描いていたのが一八六〇年代から九〇年代で、『夏柳夜半伏魚梁』の挿絵も、月岡芳年と水野年方《みずのとしかた》が担当していた。私はインターネットのオークションサイトで『夏柳夜半伏魚梁』の表紙を含む数ページを確認した。その表紙に「明治廿一年十月廿一日」という日付と「芳年」の名が明記されており、お岩の拷問場面の挿絵は、月岡芳年の『奥州安達がはらひとつ家の図（一八八五年）』――鬼婆が包丁を研《と》ぐ後ろで臨月の妊婦が半裸で逆さ吊りにされている――を髣髴《ほうふつ》とさせる隠微なものであった。あらためて六代目貞水版が、少なからず現代的な価値観に合わせてアップデートされていることに気づかされた。

春錦亭柳桜版『四谷怪談』人物相関図

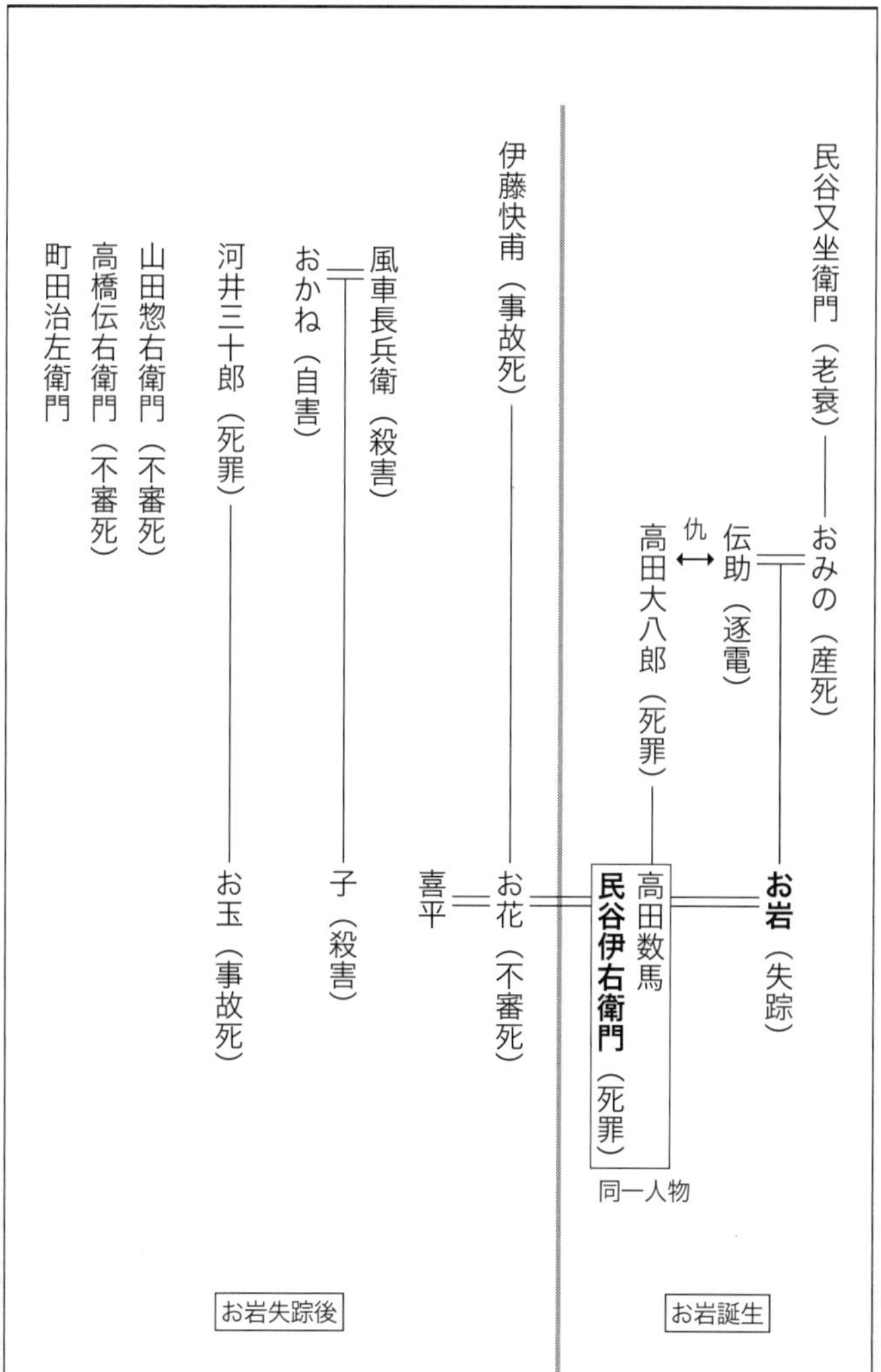

春錦亭柳桜版『四谷怪談』あらすじ

四谷左門町の民谷《たみや》家の娘・おみのは疱瘡《ほうそう》の痕《あと》で醜いが、小物の伝助と交合して孕《はら》む。父・又坐《またざ》衛門《えもん》が激怒したので二人は駆け落ちし、伝助は安芸守《あきのかみ》の足軽飯炊きになる。伝助は、足軽・高田《たかだ》大八郎《だいはちろう》が殺した死体を発見して、大八郎に死体の始末を命じられる。おみのは伝助が押し入れに隠した死体を見て、驚いた拍子に出産して死亡。伝助と大八郎は逃亡し、遺児は「岩」と名付けられて祖父の民谷又坐衛門に育てられるが、疱瘡に罹《かか》って母と同じく痘痕《あばた》だらけの醜い容貌になってしまった。その後大八郎は追いはぎをして死罪になり、彼の遺児は寺に預けられた。役者のような美男に成長し、寺の金を五十両盗んで逃げた後、高田数馬《たかだかずま》という易者になる。数馬は二十二歳のとき、女衒《ぜげん》の風車《かざぐるま》長兵衛《のちょうべえ》、同心・河井三十郎《かわいさんじゅうろう》の仲介でお岩と夫婦になって民谷伊右衛《たみやいえ》門《もん》に改名した。

伊右衛門は、お岩から父の罪を聞き、お岩を大切にしようと誓っていた。しかしやがて彼は元与力《よりき》の伊藤快甫《いとうかいほ》の娘お花に見染《そ》められてしまう。お花は十九か二十歳で、喜平《きへい》という婿養子の夫がいるにもかかわらず、伊右衛門に不倫を呼びかけるあけすけな内容の艶書《えんしょ》を送り、これが快甫に露見する。快甫は喜平に金をやってお花と離縁させるから、おまえはお岩を離縁してお花を引き取れと伊右衛門に迫った。伊藤家の財産とお花の色香に惹かれ、伊右衛門はお岩を裏切る決意をし、河井三十郎と風車長兵衛がお岩を騙して本所の夜鷹《よたか》長屋に売りとばす。お岩は客を取ることを頑として拒んだ。縛られて梁《はり》に吊るされ、打擲《ちょうちゃく》、水攻めといった惨《むご》い折檻《せっかん》を受けても、あくまで操《みさお》を立てる。食べ物もろくに与えられず、度々《たびたび》拷問されながら炊事にこき使われる中、汁の具を買うため表に出たお岩は、旧知の中間と偶然再会する。お岩は中間から真相を知らされ激怒すると、宙に浮いて飛び去った。

長兵衛宅では、長兵衛の妻・おかねが赤ん坊の手足を引き千切って惨たらしく殺していた。おかね自身は自分の口に出刃庖丁を突き立てて自害した。

その後、奇怪な事件が立て続けに起きる――伊右衛門の家に蛇が出てお花を脅す。伊東快甫は体が腐って膿まみれになる病に倒れ、鼠《ねずみ》の大群に喰い殺される。風車長兵衛も膿まみれになって体が腐る業病《ごうびょう》持ちの乞食《こじき》になり、伊右衛門に斬り捨てられる。河井三十郎の娘・お玉は、塀の忍び返しに喉を貫かれて死ぬ。その通夜の晩、お岩の霊が現れて三十郎が斬りつけると、殺されたのは弔いに訪れていた僧の妙善《みょうぜん》だった――。

お花にお岩が憑依して暴れ、伊右衛門は外に助けを呼びに行く。助けるはずの伊右衛門の朋輩・山田惣右衛門《そうえもん》と高橋伝右衛門《でんえもん》も、半裸になったお花と一緒になって乱心する。伊右衛門と組屋敷の同心たちは、魚籃《ぎょらん》観音の周田《しゅうでん》和尚を呼んできて、お岩の霊を竹筒に封印させる。これによって、お花、山田と高橋は正気を取り戻した。

だが、伊右衛門に借金を断られた町田治左衛門《まちだじざえもん》という男が、仕返しのために竹筒を割る。翌日、山田、高橋、お花が、ほぼ裸で、三人重ねて股から下腹まで斬り上げられた死体で発見された。伊右衛門は下手人とされて処刑された。お岩の念を恐れた民谷の親類が、稲荷を勧請して民谷家の地所内に祀《まつ》った。お岩の菩提《ぼだい》は鮫河橋《さめがはし》の法華宗《ほっけしゅう》の妙行寺《みょうぎょうじ》で弔われた。

——いかがだろう。これを講談版の原型に近いものと仮定した場合、現代的な六代目貞水版にも、原案となった『四ッ谷雑談集』にも無い特徴があることにお気づきだろうか。

それは、お花とお岩の黒白の対比だ。『四ッ谷雑談集』のお花は男たちの意のままに流される元妾《めかけ》で、巻き添えを喰ったようなものだし、貞水版でも、「甘やかされたわがまま娘」「積極的に男に迫る女」程度で、あまり悪いことはしない。ところが、こちらのお花ときたら、よそのダンナにW《ダブル》不倫を持ち掛ける悪女である。社会的弱者の匂いのする妾ではなく、金持ちのお嬢さまで、同情の余地もない。

お花がこのように好き勝手に振る舞うおかげで、夜鷹長屋でお岩さまが拷問される場面が意味を持つ。折檻を逃れたければ娼婦になればいい。しかしお岩さまは頑固に操を守り、悪女・お花と貞女・お岩さまの違いが鮮やかに浮かび上がる。

『春錦亭柳桜口演　四谷怪談』の後書きは、探偵小説で当時人気が高かった多田省軒《ただしょうけん》が筆を執った。省軒はお岩さまについて「主人公は貞操義烈なる賢婦人《けんぷじん》にして其俶徳《そのしゅくとく》蓋《けだ》し尋常にあらさるを以《もっ》て斯《かく》は士女の敬尊を後世に受る所以《ゆえん》なり」として、賢婦人であったがゆえにお岩さまは女性たちの尊敬を集めていたと語っている。落語版が人気を博したのが、家制度が推し進められた明治時代だったことを忘れてはならない。国体概念の称揚《しょうよう》と歩調を合わせて、善良な婦人が率先して女の貞操に拘泥《こうでい》していった当時の空気を映しているように私には思われる。

後書きではさらに「四ッ谷稲荷の霊験神妙にして若《も》し此《これ》が怪談を物せば四ッ谷稲荷の神怒《しんど》に触れ時に神罰を蒙《こうむ》る」という版元の社主の談話を紹介している。これは結局、お岩さまを畏《おそ》れず嘘八百を書く版元にはバチが当たる（けどこの本は実話だから大丈夫）という、それこそ神をも畏れぬふざけた宣伝文句を述べているわけだが、お岩さまの怒りを「神怒」、祟りによる死を「神罰《しんばつ》」とすると、ここではお花も神罰を受けたことになる。

とは言え、裸同然のあられもない姿で下腹を切り裂かれて死ぬのは春錦亭柳桜版のオリジナルかもしれない。私が速記本を拝読、あるいは音像化されたものを傾聴した初代悟道軒円玉をはじめとする幾つかの講談版では、いつもお花は駕籠の中で首を引き千切られて死に、生首が仏壇から転げ落ちてくることになっていた。

神罰であるとしても割り切れなさが残るのは、赤ん坊と七歳の少女を犠牲にした点だ。子どもたちがバタバタと病死してゆく『四ッ谷雑談集』の名残だろうか。あるいは、仇の家を根絶やしすることが大衆心理に適《かな》っていたのか……。犯罪加害者の家族を白眼視《はくがんし》することは、現代では否定されているものの未だに根絶やしにはなっていないのだから。

三、『四谷怪談』進化論

本書の執筆にあたり、通しで『四谷怪談』を読まれている講談師、一龍斎貞寿《いちりゅうさいていじゅ》さんにインタビューを依頼した。貞寿さんは、二〇〇二年に一龍斎貞心《ていしん》の門下となり、以来、ひたむきに修業を積みつつ、寄席に出る他、講談独演会や都内歴史ガイドなど幅広く活動を続けてきた。二〇〇八年に二ツ目に、二〇一七年に真打《しんうち》に昇進。講談歴二十年以上となり、今いちばん脂の乗り切った人気の女流である。講談版『四谷怪談』の基礎知識について教えを乞うつもりで臨んだところ、こんなふうにお岩さまの心理に言及されたのは、思いがけない収穫であった。

「昔は、元は人間であっても、お化けになったら、人間の倫理観や常識を超えてしまうと考えられていたようです。たとえば古典的な講談の『四谷怪談』では子どもが二階から落ちて柵に刺さって死にます。でも、現代になっても、そのまま踏襲するのはどうでしょう。お岩さまの気持ちになったら、なんでこういうことをするんだろう、と、疑問が湧きませんか」

私が「そうですよね！」と応《こた》えながら内心膝を打ったことは言うまでもない。前項で触れたように、私も現代人の端くれとして罪科のない子どもにまで累が及ぶ展開には納得しかねており、実話にせよ創作にせよ怪談を書くとき、登場人物に成り代わって現象を再体験する形を好んできたので、同じような思考回路で『四谷怪談』を捉え直す人がいたことに非常な喜びを感じたのである。

貞寿さんは現在四十代。会社勤めをしていた時期もあり、幼少期から家庭の事情で苦労され、勤労学生でもあったという。そんな彼女が、六代目一龍斎貞水《ていすい》の『四谷怪談』を見て感銘を受け、足しげく高《こう》座《ざ》に通うようになって今日に至った。講談愛では誰にも負けないと仰《おっしゃ》るだけあって、お話の端々から、講談について語る言葉を多く持っている方だと感じた。

「講談師は『冬は義士、夏はお化けで飯を食い』と昔から言われますが、ここで言うお化け、つまり怪談は『四谷怪談』のことで、義士（赤穂義士伝）と並ぶ一龍斎のお家芸です。でも私は貞水先生から『怪談は難しい。人間のデッサンをきちんと取れないとできないよ』と言われていたので、真打昇進が見えてくるまで手を出さずにいました。入門から十年目に、真打へのカウントダウンだと思って『四谷怪談』の再構築を始めたのです」

話の本筋を保ちつつ肉付けに変更を加え、全四話の貞寿版『四谷怪談』に仕上げた。古典に大きく手を入れて貞寿版の講談を創るのも初めてだったという。

「私は、お岩さまを単なる化け物にしたくなかったんです。お岩さまという女性の立場に立ってみたら、夫に尽くしていたのに浮気されて夜鷹長屋に売り飛ばされて、化けて出て、周りの人をバンバン殺しまくって……それでお終いって、納得いかないですよね？」

いつの日か、お岩さまという女の立場から物語を構築し直してみたいと私も考えていた。だが、貞寿さんは同じ理路ですでに完成させていたのである。

従来のお岩さまのキャラクター造形には、不自然なところがある。たとえば、後半の化け物ぶりと、前半のキャラクターが繫がらない。『春錦亭柳桜口演　四谷怪談』の後書きでも、お岩さまの祟りは於岩稲荷の「神怒」「神罰」と表現されていたではないか。お岩さまを怒れるイワナガヒメや稲荷神の如き超越的な存在にしてしまわないと、後半の理不尽な残酷さの説明がつかないのである。

反対に、お岩さまの心を終始一貫して人間の女に留め置けば、物語は変わらざるを得ないことになる。貞寿さんは後者を選び、お岩さまの感情に想いを巡らせながら物語を構成し直した。

「お岩さまは、伊右衛門のことが、ただひたすら好きだったんじゃないの？　だから死んでもそばにいたかったんでしょう？　私はそう思ったので、殺されるのは悪事に加担した者のみにして、しかも本当にお岩さまが呪い殺したのかどうかはわからないように、良心の呵責《かしゃく》に耐えられず精神的に追い込まれて死んでしまう、という形を取りました。伊右衛門も自害します。そして終盤で伊右衛門の前に現れたお岩さまは化け物ではなく、美しい姿をしていて、ラストでは伊右衛門の亡骸のそばに白い蛇に化身してよりそっていました、という……」

美しい姿、というのは『東海道四谷怪談』の影響か、あるいは各所に残る伝承の影響だろうか、と、ある程度は推察できる。しかし、白い蛇になって現れるのは斬新だ。第一章を読まれた方ならご存じのように赤い蛇なら『四ッ谷雑談集』に登場するが、それ以外にお岩さまの化身あるいは眷属《けんぞく》のようにして出てくるものと言ったら、お岩さまが子年生《ねずみ》まれだったとする謂《いわ》れがあることから、もっぱら鼠《ねずみ》なのだ。

お岩さまを白蛇に化身させた先行作品に、手塚治虫《おさむ》の漫画『四谷快談』がある。これはお岩さまと戦災孤児のラブストーリーで、孤独な少年の前に片目を盲《めし》いた美女としてお岩さまは姿を現すのだが、その正体が隻眼《せきがん》の白蛇なのである。

一八〇八（文化五）年に『四ッ谷雑談集』を下敷きにして書かれた柳亭種彦《りゅうていたねひこ》による読本『近世怪談霜夜星《しもよのほし》』も、お岩さまをモデルにした「お沢」を蛇に化身させている。ただし挿絵《さしえ》を担当した葛飾北斎《かつしかほくさい》は、まだら模様の蛇を描いていたのだが……。

また、白蛇とお岩さまを直接結び付ける言説ではないが、いろいろ調べているうちに、於岩稲荷田宮神社から徒歩十分ほどに位置する須賀神社の由来が白蛇と無縁ではなさそうなことに気がついた。そもそもここは江戸時代初期に赤坂のほうにあった稲荷社《いなりしゃ》を移設したのが始まりなので、現在は境内社となっている天白《てんぱく》稲荷社が、四谷界隈の氏神だったと推察できるのだ。天白稲荷社の祭神は宇迦之御魂神《うかのみたまのみこと》で、宇迦之御魂神に由来する宇賀神《うかのかみ》は人頭蛇身《じんとうじゃしん》で表現され、弁財天の宝冠《ほうかん》においては白蛇の形を取っている。お岩さまが於岩稲荷田宮神社の伝承のとおり信心深い人だったとしたら、須賀神社のもとになった稲荷社をお詣りしたこともあったであろうと思うのだ。だから白蛇に化身する理由も皆無ではないような気がする。

貞寿さんは、学生時代から民話の朗読をしていたという。彼女によれば、民話は講談に繋がるとのこと。「たとえば栃木の民話をやれば那須与一《なすのよいち》から『源平盛衰記《げんぺいせいすいき》』に繋がって、それで講談に興味が出た」と話されていた。そして観に行ったのが六代目貞水の『四谷怪談』だったというわけだが、民話は歴史にも神話にも通じてゆくものだ。彼女の世界観を形作る広範な知識のどこかに、お岩さまを白蛇に化身させる種が蒔《ま》かれていたのではあるまいか。

貞寿版『四谷怪談』は、貞水版よりさらにコンパクトな全四回だが、それは、今日の高座の在り方に即した結果だろう。伝統的に講談は、およそひと月を興行期間としていた。そのため『四谷怪談』に限らずどの話も二十話以上三十話弱あることが多い。その場合、客を満足させる山場を毎回作るために、一回につき一人ずつ登場人物を殺したというブラックジョークのような話もある。

貞寿さんは、「四谷で有名な貞女だったお岩さんの話と、心中騒動を組み合わせて作られたのが始まりだったと私は聞いています」と話されていた。元来、講談とは実録読みで、ドキュメンタリーに脚色を加えて読むものだった。「忠臣蔵」が良い例で、事件のあらましを知りたいという大衆の期待に応えるメディアが講談であり、ディレクター件出演者である媒介者が講談師だったのだ。多くの講談師が『四谷怪談』は四世鶴屋南北作の歌舞伎より講談版のほうが先だったと主張する理由は、講談の目的と成立の仕方が歌舞伎とはまったく異なるからでもあろう。それにまた、幕末や明治の頃、身近という意味では、歌舞伎より講談のほうが懐に優しかった分、大衆にとって身近だったとも聞く。ある話を講談で知った後に、同じ話をもとにした歌舞伎を観に行くこともあったとか……。

貞寿さんに教えてもらったのだが、〝歌舞伎十八番〟にある『勧進帳《かんじんちょう》』は、七代目市川団十郎（一七九一～一八五九年）が当時人気を博していた講談師・伊東燕凌《いとうえんりょう》による講談『弁慶の山伏問答《やまぶしもんどう》』を聴いて、問答の下りを取り入れたものだという。そんな例もある。後世の講談師たちが、これと同じく「四谷怪談」も講談が歌舞伎に先んじていたと信じるのも道理なのだ。

四、貞水先生の墓

一龍斎貞寿さんにとって、一龍斎貞心が直接弟子入りした師匠である一方、貞水は魂の導き手と言うべき存在だった。講談に開眼したのが貞水の『四谷怪談』であったのみならず、その後も折に触れて教えられることが多く、その言葉はすべて深く胸に刻まれているのだから。しかし時は残酷なもので、二〇二〇年十二月三日、六代目貞水は、肺炎のために八十一歳で永久の眠りに就いた。

豊島区の善養寺《ぜんようじ》にある「浅野家之墓」が貞水の墓だ。芸術祭優秀賞、放送演芸大賞、重要無形文化財保持者の人間国宝、旭日小綬章、そして死後に追贈正五位といった功績を刻んだ顕彰碑《けんしょうひ》が、墓の竿石《さおいし》の横に建立されている。顕彰碑には、六代目一龍斎貞水の名と共に、講龍院清卓貞水居士という戒名と、貞水の座右の銘「言葉は心、芸は人」の文字が記され、礎石《そせき》は張扇《はりおうぎ》を置いた釈台《しゃくだい》を模していて、私も取材で訪れた折に、ＤＶＤで繰り返し視聴した名演が胸に蘇ったものだ。

――六代目貞水はコロナ禍に亡くなったため、貞寿さんは葬儀には参列できなかった。後日あらためて師匠と一門で墓参した。その折に、戦慄を禁じえなかったことがあるという。

六代目貞水の菩提寺へ向かう道すがら、そのことにようやく気づいたそうなのだが、そこは、お岩さまの墓がある妙行寺《みょうぎょうじ》の隣だったのだ。以来、怪談を講釈する前には、於岩稲荷田宮神社《おいわいなりたみやじんじゃ》と妙行寺を詣でるだけでなく、善養寺も墓参しているという。善養寺には江戸三大閻魔《えんま》に数えられる閻魔大王の立派な座像があるが、「閻魔様より貞水先生の講談（怪談）のほうが怖いよね」と貞寿さんたちは囁《ささや》き合っているそうだ。

本書のために取材していて、私も何度か共時性の神秘を感じた。たとえば講談版のお岩さまは青山久保村の南瓜畑に葬られるのだが、そこは現在の地下鉄の外苑前駅や神宮外苑から新国立競技場の裏手の辺りに相当し、私のうちからごく近く、週に一、二度は訪れる場所だった。また、たとえば、六代目貞水の本名は、うちの息子の名前と同じだった。さらに、私は顔の半分に大きな怪我を負って、お岩さまのような容貌になったことがある。八、九年前に西表島《いりおもてじま》の山奥の岩場で転倒して急斜面を滑落し、打撲、骨折、裂傷、というフルコンボの外傷を左顔面に負ったのだ。特に片目の眉弓骨《びきゅうこつ》と瞼《まぶた》の傷が深く、『東海道四谷怪談』のお岩さまのような顔つきになってしまい、治療後も四年間あまり前髪で左目の辺りを隠して過ごしていた。

だから何だと問われたら、偶然とも運命とも思うと答えるしかない。でも貞寿さんが六代目貞水の墓を前に少し怖いと感じた気持ちが、私には理解できると思うのだ。

霊女抄《れいじょしょう》

真夜九《まよここの》つの鐘が鳴りはじめると青山久保村の土饅頭《つちまんじゅう》から抜け出し、四谷左門町へ向かうようになって久しい。

もの寂しい響きが止《や》む前に、組屋敷の塀を摺《す》り抜けて私の家に着いている。

先頃から、月影の畑で蛙《かえる》が盛んに謡《うた》っている。久保村の畦道《あぜみち》で力尽きてから年が一巡したのだ。

実りの秋も雪降る冬も、私は鐘の鳴る夜空を駆けて伊右衛門《いえもん》の寝間へ通っていた。

今夜はことに月が冴えている。温い夜気《やき》が春の終わりを告げているかのようだ。

十三町の道のりを一息で翔《か》けて、九つ目の鐘の余韻を身に浴びながら伊右衛門とお花の寝間に降り立った。

昨日は無かった蚊帳《かや》が吊られている。やはり、もうそんな季節なのだと思い知らされた。

一年は長い。もう待つのはやめよう。今夜こそ伊右衛門を取り戻す。私にはきっとできる。

行燈《あんどん》を指差すと、それだけで火が灯り、伊右衛門の横顔が仄白く浮かびあがった。

高さのある細い鼻梁《びりょう》や、鋭い顎の線や……。この美しい男が私だけのものだった日々が胸に去来した。

わが家の仏壇は、祖父が亡くなる少し前に鮫河橋《さめがはし》の菩提寺に勧められて購《あがな》った。

新しい仏壇に、顔も見たことがない私の父母の位牌を祀ったとき、住職と祖父母から、二親《ふたおや》が揃って亡くなった経緯をあらためて聞かされた。

伊右衛門には私が話した。勤めから帰った後に仏間《ぶつま》へ連れていき、両親が死没している理由を斯々然々《かくかくしかじか》と教えたとき、なぜ彼の顔色が蒼白に変わったのか、あのときは首を傾げたものだった。

現身《うつしみ》を失った途端、耕した土に水が染《し》み込むかのように、すべて理解できたのだが。

しかし当時も今も、伊右衛門が親の仇の子だったなんて、私には関係のないことだという気がする。

もしも運命の糸に導かれて出逢ったのだとしても、私は伊右衛門に尽くしたであろうし、伊右衛門も私を慈しんでくれたのではないかと思う。

伊右衛門はお経を諳《そら》んじていた。幼い頃に寺に預けられて小僧をやっていたのだという。

「自我得仏来　所経諸劫数　無量百千万億載阿僧祇……得入無上道　速成就仏身」

私たちが驚くと、照れ笑いを浮かべて「皆さんは南無妙法蓮華経と三べん唱えるだけでいいんですよ」と言った。

その後間もなく祖父が逝《い》き、祖母もすぐに連れ合いの後を追った。

伊右衛門と私は祖父母の位牌も仏壇に置き、朝な夕なに手を合わせた。

祖母の四十九日からしばらく経ったある日、「お岩は忙《せわ》しないな。神さまと仏さまを行ったり来たり」と伊右衛門にからかわれた。私は、稲荷を祀った屋敷神《やしきがみ》を大事にしていて、井戸のそばに祠《ほこら》があるから水汲みのたびに拝んでいた。

「お岩は子年《ねずみ》なのに、蛇の宇賀神《うかのかみ》を好むとは面妖《めんよう》なことだな」

「お稲荷さまの眷属《けんぞく》は狐なのではありませんか」

「祭神が宇迦之御魂神《うかのみたまのみこと》で、うちでは井戸のそばにいらっしゃるんだから、白蛇だろうさ」

伊右衛門は、お寺や売卜《ばいぼく》の師匠にいろんなことを習っていて物識《し》りだった。

「蛇も子宝の御神徳があるというよ。又坐衛門殿に曽孫《ひまご》を見せるのは叶わなかったが、一日も早く我が子がほしいものだな」

「伊右衛門さま……」

私たちは仲睦まじい夫婦だった。

こんな月夜の晩は、遅くまで肌を擦《す》り合わせていたものだ。


風のように蚊帳を通り抜けて、私はお花に体を重ねた。私よりだいぶ若いのに歳に似合わない熟れ方をした生身の女。熱い血肉に難なく潜り込むと、最前まで夫に抱かれていた感触を体のそこかしこが憶《おぼ》えていて、思わず知らず溜め息が漏れてしまった。

「伊右衛門さま、起きてくださいまし」

「なんだ、お花。まだ夜であろうが、どうした」

揺《ゆ》り起こした伊右衛門に私は擦り寄り、肩を抱いて耳もとに唇を寄せた。

「なぜ私を田宮の家から出したのでございますか……。それにまた、なぜ、あのような場所に私を堕《お》としたのでしょうか。地獄の一丁目とはよく申したもので、夜鷹《よたか》長屋で私は裸に剝《む》かれて鞭《むち》打たれました。高手小手《たかてこて》に縛られて梁《はり》から吊るされ、夜となく昼となく責め苛《さいな》まれましたよ……。それでも私はあなたに操《みさお》を立てておりましたものを……」

伊右衛門は初め呆然と、次いでみるみる蒼くなって蒲団の上を後ずさり、ようやく声を絞り出した。

「お岩なのか。……いや、そんなはずはない。お花、しっかりせい！」

引き起こされて両肩をつかまれ、乱暴に揺《ゆ》さぶられて、私は、いっそ恍惚とした。再びこうして女の体を得て、夫に触れてもらえる愉悦《ゆえつ》に浸る。

私の歓喜に感応して、行燈の火が高く炎を上げた。

「伊右衛門さま、岩は、ずっとこのまま添い遂《と》げとうございます」

「何を言うか。お花、お花！」

「違います」と言うと同時に悲しみが突風となって部屋に吹き荒れ、蚊帳を落とした。

行燈の火が蚊帳に燃え移る。伊右衛門は悲鳴をあげながら蒲団で火を叩いて消し止めた。

「私は岩です。わかっていらっしゃるでしょう……。あなたのために野垂れ死にした哀れな妻でございますよ。土饅頭の下に眠っておられず毎晩ここに忍んで参って、もう一年にもなります。独りでは死んでも死に切れませんから……」

暗闇で夫の足にすがりつき、蛇のように腰まで這《は》い上って頰ずりした。伊右衛門は暴れて障子を突き破り庭へ逃れた。

しかし隣家から彼の朋輩が駆けつけると、急に我に返った顔つきで戻ってきて私の浴衣《ゆかた》の衿《えり》を掻《か》き合わせ、「裸を見られる」と囁《ささや》きかけてきた。

「嗚呼《ああ》、嬉しい」と応《こた》えながら、私は豊満なお花の肉体に魂《たましい》をきつく絡《から》みつかせた。

三日三晩、私はお花と一体となっていたが、四日目に見知らぬ年老いた和尚さんが駕籠で連れてこられて潮目が変わってしまった。

お天道さまが統《す》べる明るい世界では、私は好きなように動けず、口も利《き》けない。

「芝の魚藍観音《ぎょらんかんのん》から周田《しゅうでん》さまをお招きした。江戸市中で評判の霊験あらたかな名僧であらせられ、加持祈禱をすればどんな怨霊も落とすという。さあ、お岩め、覚悟しろ」

伊右衛門が何か得意げに言った。切なくてたまらない。どうしてこんなに通じ合わなくなってしまったのだろう。

——口惜しや。

陽の差し込む明るい座敷に引き据《す》えられて、周田和尚の読経を浴びせられると、なすすべもなく私はお花の中から吸い出されて狭い所に閉じ込められた。

「経文を貼った、この一尺八寸の竹筒。これを長持《ながもち》に入れて庭のどこへか埋めなされ」

穏やかでいて自信に満ちた、高僧の声が耳に届いた。静かな諦念《ていねん》がひたひたと心に打ち寄せてきて私は瞑目《めいもく》した。どうせ葬られるなら、縁もゆかりもない青山久保村のお百姓の畑よりかは、組屋敷の庭のほうがましかもしれない。そう思ったのを最後に、にわかに襲ってきた睡魔に抗《あらが》えず、深い眠りの底へ墜落していった。

それからどれほど眠っていたものか、わからない。

轟音《ごうおん》がとどろき私は再び目覚めた。宙に浮かぶと同時に、真夜九《まよここの》つの鐘が生温かい大気を震わせはじめた。しかしいつもとは覚醒の質が異なる。見れば、足もとの地面に、蓋《ふた》が開いた長持と断ち割られた竹筒、それから血反吐《ちへど》を吐いてのたうちまわる男の姿があった。

男は鼻が爛《ただ》れて腐れ落ち、膿で片目が塞《ふさ》がった、二目と見られない酷い面相をしている。だが、背格好や頭の形に見覚えがあり、私を夜鷹長屋に売り飛ばした風車《かざぐるまの》長兵衛《ちょうべえ》に違いないとすぐに気づいた。

可哀そうだが、これまで数多《あまた》の悪事を行ってきたであろうし、高僧の封印を解いたのも、おそらく伊右衛門に悪を成すため。そう思えば天罰が下ったとしか思えない。

絶命したのを見届けて、私は伊右衛門のもとへ急いだ。

おかげで、睦み合うお花と夫の声を聞くことになったのだが。

頭に血が上り、後先を考えずお花に潜り込んだところ、この肉の器と直に交わっていた伊右衛門が白目を剝《む》いて意識を失くした。そこへ夫の朋輩たちがやってきた。

また竹筒に封印されてはたまらない。

咄嗟《とっさ》にお花に入ったまま外へ走り出た。素裸で闇夜へ駆け出してゆくのだから狂女の体《てい》で、早晩《そうばん》、取り押さえられてしまうに違いなかった。

どこへ逃げよう、と途方に暮れかけたとき、組屋敷からほど近い橋のたもとに銀杏《いちょう》の大木を見つけた。飛び上がって高い枝にお花の体を引っ掛けると、私は自由な魂魄《こんぱく》になって田宮家へ飛んで帰った。

伊右衛門はまだ目を覚ましていなかった。暁烏《あけがらす》が鳴くまで、この男は私だけのものだ。

いいえ。もしも……もしもお花が裸で晒し者にされても生きていられるほど強《したた》かではなかったら……私と伊右衛門はこの家に二人きりに……。

もう離しますまい、愛しい伊右衛門さま。岩は悪い女でございます。

第三章

『東海道四谷怪談』のお岩さま

眼帯娘《がんたいむすめ》

あの夏から十三年も経とうとしている。

当時私は二十九歳で、広告代理店を退職したところだった。十歳年上の夫と雑司が谷《ぞうしがや》のマンションに住んでいた。結婚前から住んでいた4LDK。病死した父が私に遺《のこ》した唯一の財産だったが、今は賃貸に出して、私は父の郷里だった仙台で暮らしている。

思えば、さまざまな意味で潮目の時機が来ていたのだ。その年の六月、広告代理店を私は辞めた。ストレスが高じて不眠症に陥ってしまった代わりに、そこそこ貯蓄できていたし、四年前に結婚してから、生活費の六割方を夫に負担してもらっていたので、思い切って半年ぐらい骨休めするつもりだった。

ところが現金なもので、一週間もすると熟睡できるようになり、元気を快復してしまった。すると今度は退屈してきて、七月に入るとすぐ、前々からよい評判を耳にしていた池袋の会員制カルチャースクールに入会した。そして、申し込みに行ったとき、たまたま受付カウンターのそばに貼られていた『東海道四谷怪談』の歌舞伎公演のポスターに目を留めたのだった。

正確を期すならば、「四谷怪談」は八月花形歌舞伎の第三幕に過ぎなかった。八月花形歌舞伎は、門外漢の私でさえテレビや何かで顔を知っている人気役者が何人も出演する毎年恒例の大舞台だ。駅でポスターを見かけたこともあった。歌舞伎を観たことは一度もなかったけれど。

受付スタッフが手続きの途中で「少々お待ちください」と言って席を外したタイミングでポスターを眺めていたら、その人が「お待たせしました」と戻ってくるなり「それ、私も観に行きたいんですよね。フライヤーを差し上げましょうか」と話しかけてきた。

なんとなくフライヤーを貰《もら》って帰った。夜、勤め先の出版社から帰宅した夫に見せると「珍しいね。ミミちゃん、歌舞伎なんて興味あったっけ？」と言われた。

「ううん。でも時間ができたから、今のうちに観ておきたいかも。一緒に行ってくれる？」

「時間が合えばね。でも三幕通しで観るのはキツイから、夕方の一幕だけにしようよ」

私は席を二人分ウェブ予約して、日時を夫に伝えた。

「平日なんだけど。午後六時開演で、八月の二週目の……えーと、何日だっけ」

「十二日かな？　金曜じゃなかったよね？」

「ううん。たしか木曜日だった」

一年ぐらい前から、彼はよく金曜日に残業するようになっていた。その週の仕事を終わらせるためだと私に説明していた。土曜日に朝帰りすることもあった。おそらく、彼にとって金曜の夜は大切なものだったのだ。

私は疑うことを知らなかった。うぬぼれていたからだ。幼い頃から容姿を褒《ほ》められる機会が多かった。小学校を卒業する前に母が急死した分、父と父方の祖父母から溺愛されて育った。さらに、私が卒業した私立大学の同級生や広告代理店に勤めるようになって知り合った業界人には、華やかで垢抜《あかぬ》けた人が多かった。私も彼らの一員のつもりになっていたのだ。

国立大卒で中堅どころの出版社の社員の夫は、堅実で地味な印象の男だった。私より十歳も年上なのに、結婚前まで多摩市の実家で両親と同居していたことも、私が彼を侮《あなど》る材料になっていたかもしれない。

八月。『東海道四谷怪談』の当日はあいにくの雨だった。銀座駅から傘を差して新橋演舞場まで歩きながら、夫と待ち合わせをするのが久しぶりなことに私は思い至った。

私のほうが先に着いた。一階のトイレで化粧を直して出入口に戻ると、夫が携帯電話で誰かと会話していた。私に気づいて、「また後で掛け直す」と早口に言って通話を切った。

「仕事?」と私は彼に訊《たず》ねた。「うん。取引先」と彼は答えた。

「タメ口《ぐち》なのに?」

「旧知の仲なんだ。腐れ縁でね。昔、隣の家に住んでいたんだ」

——夫は嘘が下手だった。このとき彼はすでに喋りすぎていたのだ。間抜けな私は何も疑わず、そんなこともあるだろうと思っただけだったが。

最近になって、このとき観た二〇一〇年の八月花形歌舞伎を酷評しているコラムを読んだ。歌舞伎通には必ずしも好評ではなかったようだ。でも私には充分に愉《たの》しめた。

「ああ、面白かった!　お岩さん怖かったし、エビさまの伊右衛門《いえもん》も格好良かった」

「そうそう。伊右衛門とお岩さんが住んでいた家って、うちの辺りなんだな。パンフレットに雑司《ぞうし》ケ谷《がや》四谷《よつや》と書いてあっただろう?　知らなかったよ」

夫にそう言われて、そのことに私も興味を持った。零時まで店を開けている銀座のビストロに夫と入ると、スマホで検索して雑司ヶ谷四谷について調べてみた。

「ずいぶん熱心だな」

「だって、子どもの頃から住んでるのに初耳なんだもん。……あ、あった」

私は在野《ざいや》の研究者のブログを見つけた。それによれば、雑司ヶ谷四谷は明治初期まで実在した高田四ッ谷町をモデルにしたと推測されるそうだ。高田四ッ谷町は、現在の豊島区の雑司が谷二丁目から三丁目、高田一丁目から二丁目、目白一丁目から二丁目にまたがるエリアで、化政期の『町方《まちかた》書上《かきあげ》』には、この地域に百八十八軒も家が建っていた記録が残っているという。

「でも、元々はたった四軒の家から始まったんだって」

「なるほどね。雑司ヶ谷四谷というのは鶴屋南北《つるやなんぼく》が半ば創作したんだね」

「でも、ちょうどうちの辺りだよ？　すごい偶然！　そういえば、昔はうちのマンションの辺りに武家屋敷があったって聞いたことがある。伊藤喜兵衛《いとうきへえ》の屋敷跡だったりして！」

「だから創作だってば。おっ、料理が来た。ミミちゃん、この店に来たことがあるんだろう」

うん、と私は答えた。会社の同僚と何回かここで食事をしたことがあった。

デザートの前にトイレに立った。鏡の前で口紅を塗《ぬ》っていたら、個室から眼鏡を掛けた若い女が出てきた。銀座のビストロではあまり見かけない、真面目な大学生のような雰囲気の娘だ。貼りつけるタイプの眼帯を片目に着けている。

若い女は隣の空いたボウルで手を洗いながら、覆われていないほうの眼で私に視線を送ってきた。あまりにも不躾《ぶしつけ》に見つめられたので「なんですか？」と私は振り向いて訊ねた。

彼女はたじたじとなって言い訳をした。

「すみません。後ろのテーブルにいたので聞こえてきて。私もミミなんです。同じ名前なのにすごく……違うな、と思って。つい見惚《と》れちゃいました。ごめんなさい」

私は、化粧っ気のないその顔やシンプルな白いブラウスを見て、たしかに違うと思いながら、

「いえ」とだけ応《こた》えて、そそくさとトイレから出た。

私の名前はミミではなく美那子《みなこ》という。付き合いはじめた頃に夫が勝手に「ミミちゃん」と呼びだして、夫婦の間でだけ定着してしまった。

しばらくして、後ろのテーブル席を振り向くと、さっきの娘が私のほうを向いて椅子に腰かけていた。娘のほうが先に目を逸《そ》らした。連れはいないようだった。

「後ろの席にもミミちゃんがいるのよ」と私は夫のほうへ身を乗り出して囁《ささや》いた。

「トイレで声を掛けられたの。あなたがミミちゃんて言うのが聞こえたんだって」

夫は無表情に「へえ」と応《こた》えた。

「一人で来ているみたい。学生みたいなのに、夜遅くに銀座のこんな店に……」

「歌舞伎を観た帰りじゃないか。国文学をやっている子なら不思議じゃないよ」

そのとき、背中に髪の毛が一本張りついたような気持ちの悪さを感じた。

眼帯娘の眼差《まなざ》しに捉えられているからだろうか？

「なんだか私をじっと見ているのよ。気持ち悪いから、もう行かない？」

夫はいつの間にか会計を済ませてくれていた。私は眼帯娘のことを忘れようと努めた。

それなのに、新宿三丁目駅で電車を乗り換えるときに駅のホームで再び彼女を目撃してしまった。足早にホームの反対側を歩き去っていったが、間違いなくあの娘だった。

私は「あっ」と声を上げて夫の肘をつかんだ。さっきの子がいたと言うと、彼は心なしか蒼ざめた。ぎこちなく苦笑して「気のせいだ」と言う。

「違ったらどうするの」と私は言い返した。「おかしな人間かもしれないのに！」

「大丈夫だ。僕がついている。早く帰ろう」

それからはあの娘を見かけることもなく帰宅できたのだが、化粧を落とすときに右目の上瞼《うわまぶた》に違和感を覚えた。よく見ると、睫毛《まつげ》の根元に針で突いたような赤い点があり、わずかに盛り上がっていた。モノモライだろうか。小学生のときに一度なった。抗菌目薬が効くはずだが家になかったので、疲れ目用の目薬を気休めに差して、明日眼科に行こうと思いながら憂鬱《ゆううつ》な気分でベッドに入った。あの娘に「あんたのせいよ」と八つ当たりしたい気分だった。

また、「四谷怪談」を観たばかりだから、当然、お岩さんも想い起こされた。

――そのせいか、朝起きて鏡を見ると、右の瞼《まぶた》が拳《こぶし》大に腫《は》れあがって、お岩さんの顔になっており、それなのに会社に出勤しなければならないという夢を見た。

こんな顔では出歩きたくない。だから車で会社へ向かった。すると夢にはよくあることだが、途中で設定が変わって、私は病院に行くことになっており、気づけばハンドルを握っているのは夫であった。私は助手席にいた。腫れた右目が激しく痛み、涙がとめどなく流れる。

四つ折りに畳んだハンカチで右目を押さえて痛みに堪《た》えるうちに病院の駐車場に着いた。

「ここからは一人で行けるね？」と夫が私に言った。心細かったので「ついてきてよ」と頼んだが、彼は「金曜日だから無理だよ」と言って、私を車から降ろして立ち去った。

右目の疼痛《とうつう》は脈を打ちながら強まってゆく。眼球が破裂しそうに感じて私は悲鳴を上げてうずくまった。すると、目を押さえているハンカチから足もとの地面に鮮血が滴《したた》り落ちた。

私は震える手でハンカチを外した。途端に大量の血液と共に、眼窩《がんか》から目玉が押し出されて地面に転がった。

——絶叫しながら目が覚めた。

右目に鈍痛があり、瞼が開けづらかったのが第二の恐怖だった。

私の顔を見た夫が自分の右目を指差しながら「ちょっとだけ、こっちが腫れてるね」と言ったときには、安堵《あんど》のあまり涙がこぼれた。

「泣くほど痛む？　眼医者に行ったほうがいい。……僕は今夜は泊まりになると思う」

「金曜日だから？」

「そうだよ。明日の夕方には帰ってくる」

ところが夫は帰宅しなかった。

その夜、午後九時頃に奥多摩の警察署から電話が掛かってきて、夫が乗っていた車の車種と車のナンバーを確かめられたときは混乱してしまった。警官が口にした車種とナンバーは、うちの車のものに間違いなかった。しかし、なぜ夫が東京と山梨の県境の山道で自損事故を起こしたのか、それにまた、なぜ助手席に若い女を乗せていたのか、見当もつかなかった。

青天の霹靂《へきれき》だった。夫がしばらく入院すると聞き、着替えを持って彼が運び込まれた病院へ駆けつけた。まさか夫の枕もとに眼帯娘がいるとは思わなかった。

娘に付き添っていた女性警官が、私を見るとギョッとした表情になった。私も眼科で貰った眼帯を右目に着けていたが、その警官が動揺した理由は私たちが揃って眼帯だったからではなく、鉢合わせさせるつもりがなかったからだろう。

「早いですね！　ご主人のほうが怪我が重くて今は眠っておられます」と私に言い、次いで眼帯娘に向かって「あなたは自分の病室に戻りなさい」と命令した。

「ちょっと待ってください。あなた昨日の人よね？　どういうことなの？」

私が詰め寄ると、娘は無言で薄暗い廊下に飛び出して逃げていった。

その娘の名前は未美《みみ》といった。実家同士が隣り合うため、夫とは旧知の仲だったという。未美は二十一歳で、大学で国文学を専攻しており、卒業後は出版業界で働きたいと考えていた。だから隣家の息子が出版社にいると親から聞くと連絡を取ってきて……という経緯を後日、夫から聞かされた。どこまで本当かわからないが、全部嘘というわけでもなさそうだ。

警察からは事故の状況を聞いた。我が家の車は、ガードレールから三十メートルほど急斜面を滑り落ちて、雑木の間に横倒しになっていたそうで、廃棄処分を勧められた。

けっこう酷《ひど》い事故だったのに、未美は奇跡的に軽傷だったとのこと。一方、夫は肺挫傷《はいざしょう》で一カ月の入院加療を要した。私は、彼の入院中に義父母とも話し合い、退院を待たずに離婚することにした。病床の夫は言葉少なで、私と目を合わせようとしなかった。離婚届に判を捺《お》すときも黙っているので、「何にいちばん腹を立てているかわかる？」と私は訊ねた。

「あなたが私をミミと呼んできたことよ。ゾッとする。二人とも死ねばいい」

病院で「死ね」は禁句だろうが、私の偽《いつわ》らざる気持ちだった。

一刻も早く別れたかったので慰謝《いしゃ》料も請求せず、離婚届に判を捺させてからは、退院後に荷物を引き取りに来させたとき以外、顔を合わせていない。

まさか本当に、夫と未美が相次いで死出の旅に発《た》ってしまうとは、私は思っていなかった。


夫が荷物を取りに来た翌日、また警察から私のスマホに電話があり、未美の行きそうなところに思い当たる節はないかと質問された。

「ありません」と答えると、「昨日、ご主人と一緒に、あなたのお宅に謝罪しに行ったそうなんですが」と、その警官は私に言った。

もう午前九時だったが、私は起きたばかりだった。妙にがらんと空虚になった部屋を眺めながら、父が死んだ直後もこんなふうに途方に暮れたものだと思っていたところだ。

「昨日ですか？　離婚したから元夫《もとおっと》ですけど、彼しか来ませんでしたよ」

そう言った途端、洗面所のほうから激しくガラスが砕ける音が響いてきた。

スマホを持ったまま飛んで行くと、洗面台の鏡が真っ二つに割れて、半分は洗顔ボウルに落ちて砕け、もう半分が枠に残っていて、そこに眼帯をした女が映っていた。

私ではない。私の右目は、とっくに治っているのだから。

反射的に振り返ったが誰もいなかった。

私は唾《つば》を呑んで気を落ち着けると、「後にできませんか？」と警官に提案した。

「でもあなた、元ご主人に『二人とも死ね』って言ったんですよね？」と警官は言った。

「は？　なんのことですか？」

「元ご主人が言っていたそうです、死ねばいいと言われたので、一度二人で謝りに行く、と」

「それは、病院でそういうことを言ったかもしれませんが。彼女は来ていませんよ」

「でも元ご主人は来たんですよね？　元ご主人に連絡が取れないんですよ。女性のご両親は、二人であなたの家に行ったはずだとおっしゃって、非常に心配されておりまして……」

「もしかして私を疑っているんですか？」

警官が「いいえ」と応えたのと同時にインターホンが鳴った。「誰か来たので、失礼します」と言って私は通話を切り、インターホンの受信機を見に行った。

このマンションのインターホンは、一階のエントランスから部屋番号と呼び出しボタンを押した来訪者が、各部屋の受信機の液晶画面に映る仕組みだ。住人が留守にしていても、訪問客があれば動画メッセージを残せるので、いつも帰宅した後は録画を確かめることにしていた。

今鳴らされたばかりなのに画面には誰も映っていなかった。しかし、そのとき、昨日の午後一時五分の録画が残されていることに気がついた。再生ボタンを押すと、赤ん坊の泣き声と共に、眼帯を着けた未美が画面に現れた。生気の感じられない脱力した姿勢で、まるで表情というものがない。本人は無言だが、そばにいるとしか思えない音量で、赤ん坊が泣き喚《わめ》いている。

うなじに氷の塊《かたまり》を当てられたように感じた。慌てて録画を消去した。

それから洗面台の鏡を片づけたのだが、うっかりして破片で右手の人差し指を傷つけた。

「痛っ」と思わず言った直後に、背後で若い女がクスクス笑った。非常に生々しく聞こえ、恐ろしくて振り向けずにいると、玄関のドアを何者かが荒々しく閉めた。

……いや、そんな音がしただけだ。玄関のドアは、昨夜いつもの習慣で寝る前に戸締りを点検したときのまま、鍵だけではなくU字ロックも掛かっていたのだから。

外に逃げていきたくなったが、出掛けた後、無人になった部屋に一人で帰宅するのも何やら怖く、うちに来てくれそうな知り合いに片端から連絡してみたら、学生の頃からの友人・A子が来てくれることになった。

A子には、すでに離婚の経緯も打ち明けていた。

「ちょうど閑《ひま》にしてたのよ。昼食どきに着くことになりそうだけど、何か買っていこうか？」

「ううん。なるべく早く来てほしいから……。後で話すけど、ちょっと変なことがあって」

A子は「変なことって何？　聞きたいから、すぐ行くよ」と言ったが、それから三十分ほどして電話を掛けてきた。

「ごめん、行けなくなった。うちの階段から落ちて捻挫しちゃって。あのさ、お祓《はら》いしたら？」

「えっ？　お祓い？」

「うん。さっき、変なことがあったって言ってたよね？　それって心霊現象じゃない？　階段から落ちたとき、後ろから突き飛ばされたみたいな感じがした。誰かが私を遠ざけたがっているような気がしない？　怖がらせちゃったら、ごめんなさい」

「ううん。ありがとう。こっちこそ、ごめんね。私のせいで怪我させて」

「美那子のせいじゃないよ！　思ったんだけど……その部屋にいないほうがいいよ。この機会に旅行に行ってみたら？　お祓いのついでに京都で神社仏閣巡りとか、どう？」

　二、三泊できる支度をして、マンションの外に出た。A子のように怪我をさせられるのではないかと不安だったが、何事もなく品川駅まで来られた。東海道新幹線に乗るつもりで券売機に並んでいると、スマホに着信があった。また警察かと思ったが、元夫からの電話だった。
「警察から聞いたよ」と私は夫に言った。「死ねと言ったとか、何？　本当に迷惑だわ」

「そうだね。ミミちゃんには迷惑を掛けっぱなしだ」

「その呼び方はやめて。なんて無神経なの。もう着拒《ちゃっきょ》にする」

「待って。未美が亡くなったんだ。それだけ伝えたくて電話した。僕もすぐいく」

　――行くではなく「逝く」と言ったように聞こえた。

　どういう意味か訊《き》こうとしたけれど、彼はすぐに「じゃあね」と言って通話を切った。掛け直すか迷った挙句、私は夫に電話をせず、彼の番号を着信拒否にした。

　その夜は京都駅直結のシティホテルに泊まった。予約していなかったが、運よく一室だけキャンセルされていたという。すぐに宿泊手続きを取った。急いだせいで旧姓ではなく離婚前の姓で部屋を取ってしまった。サインしてから気がついたが、別に問題ないだろう。

うちを出発して以来ずっと緊張していたので、部屋に落ち着くと大いにホッとした。安心したら急に空腹を覚えた。よく考えたら朝から何も食べていない。部屋から出たくないので、ルームサービスでハンバーグステーキとハーフボトルの赤ワインを注文した。

料理を待っていると、フロントから内線電話が掛かってきた。なんだろうと思って受話器を取ると、「○○さま、お連れの方からご伝言をお預かりしました」と言う。

「連れ？　私一人ですが……。別のお部屋と間違えでは？」

「申し訳ございませんが、○○さま名義で二名さまのご予約をいただいて……あっ！　たいへん失礼いたしました。同じ○○さまなので、今朝キャンセルされた方と間違えました」

フロント係はしきりに謝ってくれたが、私は、ある予感に囚われて、全身総毛立っていた。

もしや、ここは夫と未美が泊まるはずの部屋だったのではないか、と。

詳しく聞きたかったが、何を訊ねても「個人情報ですので」の一点張りだった。

そうこうするうちにチャイムが鳴らされ、ルームサービスが届いた。ドアを開けて、私は息を呑んだ。右目に眼帯を着けた女が立っていたのである。

「失礼します」とカートを押して入ってくる。

未美ではなかった。ホテルのお仕着《しき》せを着た、似ても似つかない四十年配の人だったが。

彼女が出ていくまで、私は部屋の隅に立ちすくんで凍りついていた。

京都に到着した日の夜から一ヵ月以上、悪夢に悩まされた。夢の内容はインターホンの液晶画面で未美を見たときの記憶の再現で、ただし未美の姿がなく赤ちゃんの泣き声がしているだけなのだった。京都では伏見稲荷《ふしみいなり》で厄除けのご祈禱《きとう》をしてもらったが、効果が無かった。

宿を替えても雑司が谷のマンションに戻っても同じ夢を見つづけて、慢性的な寝不足に悩まされるようになり、そろそろ精神科を受診しようかと考えた矢先に、突然悪夢が止《や》んだ。

代わりにときどき、雑司ヶ谷鬼子母神堂《きしもじんどう》を参詣する夢を見るようになった。鬼子母神は安産や子育ての守り神である。子どもの頃は両親に連れられて何度もお詣りしたものだ。

元夫が起こした自損事故。その後の未美の家出。そして赤ん坊の声。それらすべてを考え合わせると、未美と元夫を追い詰めたものの正体がおぼろげながらに浮かび上がってきた。

たぶん二人の愛の結晶が未美の胎内に宿っていたのだ。

二人は失踪したのだろうか。それとも心中したのか。いや、もしかすると今頃どこかで幸せな家庭を築いている可能性もある。事故に遭っても流れなかったのかもしれない。

あれから私はマンションを不動産管理会社に託して、父方の親戚が住んでいる仙台市に住まいを移した。地元の広告会社に就職して、今もそこで働いている。一昨年、歌舞伎座の動画配信で片岡仁左衛門と坂東玉三郎の『東海道四谷怪談』を観た。平気で歌舞伎の「四谷怪談」を観られるぐらい心が癒《い》えたわけだ。

もう私には関係ないことだが、二人に生きていてほしいと今は願っている。

一、『東海道四谷怪談』とは

『東海道四谷怪談』は一八二五（文政八）年七月に江戸の中村座で初演された、四世鶴屋南北《つるやなんぼく》が七十一歳のときに創った歌舞伎狂言だ。本書を頭から読んでこられた方はすでにご承知であろうが、お岩さまの物語＝「四谷怪談」には江戸時代から明治時代までの間に書かれたいくつもの種類があり、『東海道四谷怪談』は、その中のひとつに過ぎない。しかしながら、最もよく知られた話である。

よく「四谷怪談は実話をもとにしている」と仰《おっしゃ》る方がいるけれど、その「実話」とは『四ッ谷雑談《ぞうだん》集』のことで、『東海道四谷怪談』は『四ッ谷雑談集』をもとにしているというのが正しい。こういうことを言うと「でも『於岩稲荷由来書上《おいわいなりゆらいかきあげ》』は？」と返される向きもあろうが、昨今では『於岩稲荷由来書上』の信憑性は大きく揺《ゆ》らいでおり、『東海道四谷怪談』の販促ツールだったとする説まである。

つまり『東海道四谷怪談』は、始源の雑談集から始まってさまざまな「四谷怪談」の型がほぼ出揃い、世間に「四谷怪談」のあらましを知る人がそれなりに増えた後に創られた物語なのだ。

講談師たちは「冬は義士（忠臣蔵）、夏は怪談（四谷怪談）で飯を食い」と言われていた。毎年演《や》っても大衆に飽きられることのなかった鉄板の演目二つをドッキングさせた『東海道四谷怪談』は、数々の既存の話を盛り込んだキメラである。河竹繁俊《かわたけしげとし》が校訂／脚注した岩波文庫版『東海道四谷怪談』を参照しながら、『東海道四谷怪談』の材料となった話を次に書き出してみる。

①　実録『四ッ谷雑談集』のメインストーリー（四谷左門町《さもんちょう》で起きた田宮家を巡る話）
②　初代尾上松助《おのえまつすけ》の弟子だった小幡小平次《こはだこへいじ》にまつわる怪談。南北作『彩入御伽草子《いろえいりおとぎぞうし》』
③　二つの主殺しの下手人二人が偶然同じ日に鈴ヶ森で処刑された、享保年間の事件
④　不義密通していた旗本の妾《めかけ》と中間《ちゅうげん》が嬲《なぶ》り殺しの末、戸板に釘付けされて神田川に流された事件
⑤　砂村《すなむら》の隠亡堀《おんぼうぼり》で鰻を獲《と》っていた男が、体を縛り付け合った心中死体を発見した事件
⑥　入谷田圃《いりやたんぼ》で実際に起きた女殺しと、飯田橋近辺であった猟奇事件。南北と福森久助《ふくもりきゅうすけ》の合作『謎帯一寸徳兵衛《なぞのおびちょっとくべえ》』
⑦　赤穂事件

四世鶴屋南北は、発表当時の民衆の風俗を映す生世話《きぜわ》を描きながら、血なまぐさくて残酷な殺人や濡《ぬ》れ場のえげつないまでの迫真性にこだわった。市井《しせい》の事件や、実話として言い伝えられている話を材料とすることで、リアリティを追求したわけでもある。また、彼は編集と構成の名手でもあり、①〜⑥以外に、自身の先行作品『阿国御前化粧鏡《おくにごぜんけしょうのすがたみ》』『法懸松成田利剣《けさかけまつなりたのりけん》』からも適宜《てきぎ》に要素を引きながら『東海道四谷怪談』を創っていった。

さらに⑦の赤穂事件の説話と時代背景を引っ張ってきた。一般に「四谷怪談は元禄時代に実際に起きた事件をもとに……云々」と言われるようになった原因はここにある。

最も後から来たにもかかわらず、それまでにあった「四谷怪談」の時代背景も舞台もお岩さまの顔さえも、すべて見事に塗《ぬ》り替えてしまったのが、大南北《おおなんぼく》の『東海道四谷怪談』なのである。

『東海道四谷怪談』の時代

和暦：元禄、宝永、正徳、享保、元文、寛保、延享、寛延、宝暦、明和、安永、天明、寛政、享和、文化、文政、天保

西暦	『東海道四谷怪談』に関連するできごと	一般のできごと
1702		赤穂事件
1716		享保の改革開始
1727	『四ッ谷雑談集』	
1732		享保の大飢饉
1748	『仮名手本忠臣蔵』初演	
1755	南北誕生	
1782		天明の大飢饉
1787		寛政の改革開始
1801	南北立作者となる	
08	『彩入御伽草子』初演	
11	『謎帯一寸徳兵衛』初演	
23	『色彩間苅豆』初演	
25	『東海道四谷怪談』初演	
1825		異国船打払令
27	「於岩稲荷由来書上」	
29	南北死去	
33		天保の大飢饉
37		大塩平八郎の乱
41		天保の改革開始

『東海道四谷怪談』の舞台

伊右衛門は、お岩の祟りから逃れるため本所の蛇山庵室にこもる

雑司ヶ谷四谷町に、隣り合わせで民谷家と伊藤家があった

千代田区
中央区
渋谷区
江東区
深川（三角屋敷）
小平の家族が暮らす家があった
深川（隠亡堀）
お岩と小平が裏と表にそれぞれくくられた戸板が流れ着く
港区
目黒区

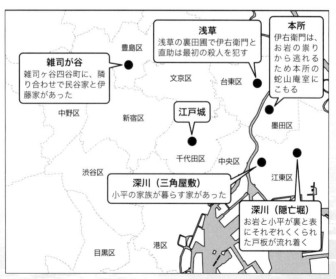

『東海道四谷怪談』の人物相関図

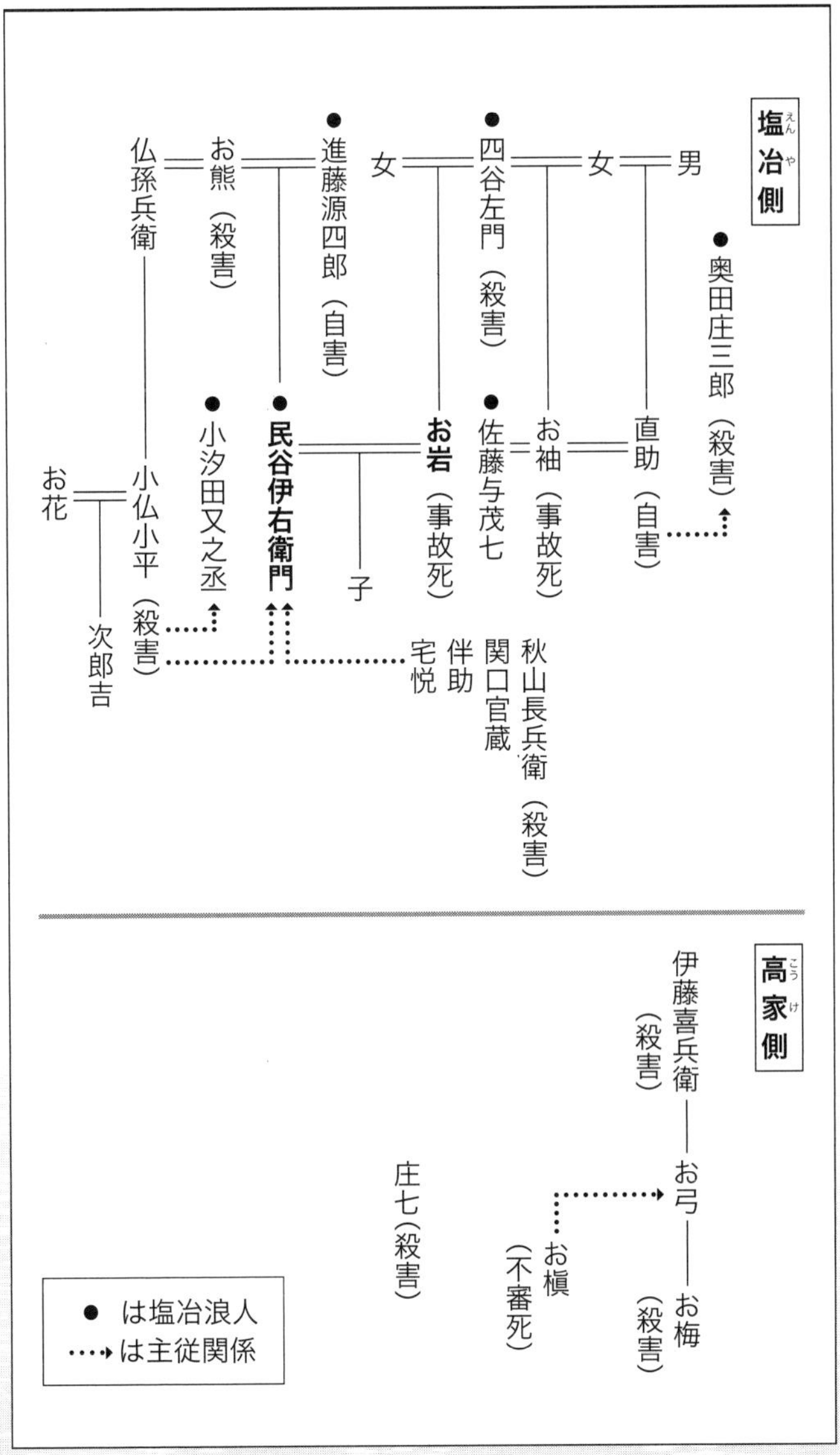

『東海道四谷怪談』のあらすじ

《序幕》浅草寺境内の場・宅悦《たくえつ》地獄宿の場・浅草裏田圃《たんぼ》の場

松の廊下で塩冶判官《えんやはんがん》が高師直《こうのもろなお》に刃傷《にんじょう》に及び、判官は切腹。塩冶家は断絶となり、家臣の四谷《よつや》左門《さもん》も浪人となる。左門の娘・お岩は、塩冶側の御家人・民谷伊右衛門《たみやいえもん》の内縁の妻だったが、左門は伊右衛門が塩冶家の御用金を盗んだと疑い、お岩を家に連れ戻した。浅草寺の境内で、伊右衛門は舅《しゅうと》の四谷左門と出会い、妻のお岩を返してくれと頼むが拒否される。

塩冶浪人・奥田庄三郎《おくだしょうざぶろう》は、非人《ひにん》に身をやつして高師直側の動静を窺《うかが》っていた。庄三郎は持っていた廻文状を高師直側に奪われたが、同志の佐藤与茂七《さとうよもしち》がそれを取り返す。

お岩の妹・お袖は、佐藤与茂七の許嫁《いいなずけ》である。お袖は、昼は楊枝屋《ようじや》、夜は浅草で按摩《あんま》・宅悦が営む地獄宿（売春宿）で働いている。奥田庄三郎の下僕・直助は、お袖に横恋慕していた。直助は地獄宿でお袖を口説くが、与茂七がお袖を連れ帰る。直助は与茂七へ怨みを抱く。

浅草の田圃で伊右衛門は四谷左門を殺し、同じときに同じ場所で、直助は恋敵の与茂七を殺すつもりが誤って主である奥田庄三郎を殺してしまう。そこへお袖と、お袖と同じく春を打って暮らすお岩が茣蓙《ござ》を持って現れる。姉妹は父と許嫁（実は奥田庄三郎）の亡骸を見て嘆く。父の仇討ちを約束した伊右衛門とお岩は元の鞘《さや》に収まり、許嫁の仇討ちをするまで体を許さないことを条件に、お袖も直助と名ばかりの夫婦になる。

《二幕目》雑司《ぞうし》ヶ《が》谷《や》四谷町の場

雑司ヶ谷四谷町の民谷家。赤ん坊が盛んに泣く中、伊右衛門は傘張りの内職中。お岩は赤ん坊を産んだばかりで、産後の肥立ちが悪く寝込んでいる。

高師直の家臣で、伊右衛門の隣家の主・伊藤喜兵衛《いとうきへえ》の孫お梅は、伊右衛門に片想いしていた。

伊藤喜兵衛は、それを知り、お岩に毒薬を飲ませて醜《みにく》くし離縁させようと考えた。

伊右衛門に仕える小仏小平《こぼとけこへい》は、旧主・塩冶浪士・小汐田又之丞《おしおだまたのじょう》をひそかに匿《かくま》い、病で足が不自由な又之丞のために民谷家に伝わる秘薬を盗んで伊右衛門たちに捕らえられた。伊右衛門は、秋山長兵衛《あきやまちょうべえ》、関口官蔵《せきぐちかんぞう》、中間《ちゅうげん》・伴助ら三人と共に、小平を拷問する。その最中に、伊藤家に仕える乳母・お槙《まき》が民谷家を訪れたため、伊右衛門らは小平を押し入れに放り込む。お槙は、喜兵衛から預かった家伝の血《ち》の道《みち》の薬（実は毒薬）を伊右衛門に手渡す。伊右衛門は按摩の宅悦に小平の見張りを頼むと、秋山らを伴って伊藤家へ礼を伝えに出向く。

喜兵衛は、伊右衛門にお梅との結婚を迫る。伊右衛門は、高家の仕官を条件に承知する。

伊右衛門が隣家へ行った後、お岩は伊藤から贈られた薬を飲んで苦しみ、顔が醜く変わる。宅悦から経緯を聞くと、お岩は髪を梳《す》き、怨み言を言いながら、刀が首に刺さって事切れる。

帰宅した伊右衛門は、小平に妻殺しの罪をなすりつけようと小平を斬殺し、お岩と小平の遺体を戸板の裏表に釘付けにして川に流すよう、秋山ら三人に命じて、喜兵衛とお梅を家に迎え入れる。お梅と祝言《しゅうげん》を挙げたものの、お梅がお岩に見え、喜兵衛が小平に見えて二人を斬殺する。

《三幕目》砂村隠亡堀《すなむらおんぼうほり》の場

落ちぶれた伊藤の後家・お弓と乳母・お槇が川原で焚火をしながら、民谷伊右衛門に娘を殺されたことを嘆き合っている。そこへ卒塔婆を抱えた小仏小平の父・仏孫兵衛《ほとけまごべえ》が登場。心中した男女の亡骸《なきがら》を探していると話す。お槇は川に引き込まれて死ぬ。

仏孫兵衛の内縁の妻となった伊右衛門の母・お熊と伊右衛門がここで偶然再会する。お熊は、罪を逃れるため伊右衛門を死んだことにするのだと、伊右衛門の卒塔婆を持っている。

戸板が流れてきて、お岩の亡骸が現れ、怨み言を言う。戸板を裏返すと小平が現れ、「旦那さま、薬を下され」と言う。伊右衛門が斬り掛かると、骨になって消える。

伊右衛門、直助、佐藤与茂七の三人が土手で鉢合わせるも、三方に分かれて去る。

《四幕目》深川三角屋敷《さんかくやしき》の場・小汐田隠れ家の場

お岩の妹・お袖のもとへ、古着屋・庄七（実は高家の手下）が、戸板の心中死体が着ていたという着物の洗濯を頼みに来た。見れば姉のお岩の着物だった。鰻掻《か》きとなった直助が、川で拾ったと言って、お岩の櫛《くし》をお袖に見せると、盥《たらい》から手が出て水が真っ赤な血に変わる。宅悦が訪ねてきて、伊右衛門の悪事とお岩の死の真相を告白する。直助はお岩の仇討ちを誓い、お袖と本当の夫婦になったところへ、死んだはずの佐藤与茂七が現れる。

小仏小平の生家では、小平の父・仏孫兵衛と伊右衛門の母・お熊が夫婦となり、小平の妻・お花と息子・次郎吉とともに暮らしている。一家は相変わらず小汐田又之丞を匿っており、小平が死んだとは知らず帰りを待っている。小平の幽霊が現れ、又之丞に民谷家秘伝の薬を届け、伊右衛門に殺された旨を伝える。又之丞は薬を飲み、病が全快する。古着屋・庄七は又之丞を斬りに来るが、返り討ちされる。

お袖は操《みさお》を立てられなかったことを悔やむ。実父から譲り受けた自分の臍《へそ》の緒《お》と書置きを、実兄に届けてほしいと独り言《ご》ちる。互いを殺そうと突き出された直助の包丁と与茂七の刀に、お袖が突き刺されて死ぬ。書置きを見て、お袖が妹と知った直助は切腹した。

《大詰》夢の場・本所蛇山庵室《へびやまあんしつ》の場

蛍が飛び交う七夕の夜――鷹狩りで逃げた鷹を探していた伊右衛門は、振袖姿で糸を紡ぐお岩に出会う。美しいお岩は酒を振る舞うものの、「怨めしいぞえ。伊右衛門殿」と現実に引き戻し、鷹は鼠《ねずみ》に変わって伊右衛門に襲い掛かる。

蛇山の草庵。伊右衛門の父・進藤源四郎《しんどうげんしろう》、母・お熊が入れ替わりに伊右衛門を訪ねる。その夜、お岩が産女《うぶめ》の格好で赤ん坊を抱いて現れ、伊右衛門に赤ん坊を渡す。そこへ現れた秋山長兵衛は縊《くび》り殺され、赤ん坊は石に変わる。

高家の迎えが来るが、伊藤喜兵衛の推挙状は鼠《ねずみ》に喰われていた。捕り手が迫る中、源四郎は塩冶家に不忠をした伊右衛門に勘当を言い渡し自死。提灯《ちょうちん》からお岩が飛び出してお熊の喉を喰い破って殺す。義姉の仇と待ち構えていた佐藤与茂七と雪の中で対峙《たいじ》すると、鼠が伊右衛門に群がる。与茂七が見得を切って幕。

二、お岩さまの変貌と四世鶴屋南北

四世鶴屋南北は、『東海道四谷怪談』の発表に先立つ二年前、一八二三（文政六）年に、累《かさね》ヶ淵《がふち》をモチーフとした戯作《げさく》を書いている。歌舞伎狂言『法懸松成田利剣《けさかけまつなりたのりけん》』の一場面で、通称を『かさね』という『色彩間苅豆《いろもようちょっとかりまめ》』がそれで、女の顔が醜《みにく》く変わるというストーリーが『東海道四谷怪談』に似たところがある。異なる点は、『かさね』が村人たちの世界を舞台にしているのに対し、「四谷怪談」は武家社会を背景にしていること、さらに、『かさね』が憑依《ひょうい》現象で急に変貌するのに対して、お岩さまは、毒薬によって徐々に醜く変化する。

お岩さまは宅悦と揉《も》み合っているうちに柱に刺さった刀に当たって絶命するが、その前に「女のたしなみ」などと言いながら鉄漿《おはぐろ》を塗《ぬ》り、櫛《くし》で髪を梳《す》く。このときに髪が抜け落ち、見るも恐ろしい顔の全貌が少しずつあらわになっていく。お化けが誕生するようすが、『かさね』よりも残酷に、もっと生々しく、誰の目にも見える形で演出されているのだ。「なに安穏《あんのん》におくべきか。思えば思えば怨《うら》めしい。一念通さでおくべきか」という若い女にしては猛々《たけだけ》しいセリフも、怨霊が口にするなら違和感も生じない。こうして最恐の女霊は創られた――芝居と人間の心理を知り尽くした、晩年の四世鶴屋南北の手によって。それまでに四世鶴屋南北が舐《な》めてきた人生の辛苦、容易ならざる来《こ》し方がなければ、こんな偉業は果たせなかったであろう。

四世鶴屋南北の出自について有力なのは、被差別階級の出であったとする説だ。父は海老屋伊三郎《えびやいさぶろう》という紺屋《こうや》の職人で、江戸時代、紺屋は被差別階級の一つだった。鶴屋南北研究会『鶴屋南北論集』で諏《す》訪春雄《わはるお》氏は「歌舞伎と賤民――南北の出自を中心に――」で明確にそう述べている。また、塩見鮮一郎《しおみせんいちろう》氏の『江戸の下層社会』によれば、紺屋は徳川家光の治世より関東の穢多《えた》を統轄する弾左衛門《だんざえもん》の権限の下に置かれていた。弾左衛門は大名諸侯に匹敵する資産を持っており、鎌倉時代から代々世襲され、幕末には浅草新町に一万三千五百坪の土地を有していた。先祖は秦《しん》の帰化人で、源頼朝から庶民の生活に欠かせない職人集団の権限を認めた朱印を授けられていた。その中には、後に歌舞伎に進化する猿楽や、吉原遊郭に転化していく傾城《けいせい》屋、鋳物、石切、髪結とともに、紺屋もあった。紺屋は幕末までに弾左衛門の管轄下から独立したが、何百年間も受け継がれてきた差別感情が易々《やすやす》と消えるものでなかったことは想像に難くない。大成してからも南北は、自分は文盲《もんもう》だとうそぶき、学の無さを隠そうとしなかったが、それも出自と長い下積みに由来すると思われる。

南北の幼名は源蔵で、後には伊之助や勝次郎と名乗っていた時期もあった。一七五五（宝暦五）年に彼が産声をあげた日本橋新乗物町《しんのりものちょう》の紺屋は、芝居小屋の多いエリアに隣接していた。道を一つ隔てた向こう側に中村座と市村座があり、幼い頃から芝居の世界を近しく感じて育った彼は、二十一歳で家業を捨てて道の向こう側――芝居の世界へ渡った。中村座の立作者・初代桜田治助《さくらだじすけ》に弟子入りして、早くも二十二歳で桜田兵蔵《ひょうぞう》として中村座の番付に登場。ところがその三年後の一七八〇（安永九）年には市村座の澤兵蔵《さわひょうぞう》、さらに二年後には森田座の勝俵蔵《かつひょうぞう》に改名。ここからおよそ三十年間も下積み時代が続くのだ。書いていなかったわけではなく、立作者の助筆《じょひつ》を務めていた。当時の歌舞伎狂言では「小《こ》幕《まく》」という道化などが登場する一種のコントが上演されており、この台本を任されていたのである。小幕では、市井《しせい》の人々の暮らしや世間を騒がす醜聞や珍事を作中に取り入れることが好まれる。後々の傑作を支えた観察眼と表現力が、さぞ鍛えられたことと思う。

二十六歳で、道化役者・三世鶴屋南北の娘・お吉と結婚した後も助筆の位置から這《は》いあがれず、暮らし向きは貧しかったという。彼は四十七歳でようやく立作者になり、五十歳で初めてヒット作を生んだ。そのときはまだ勝俵蔵。この名のまま歌舞伎狂言の作家として世に認められていった。彼が鶴屋南北に改名したのは五十七歳のときで、舅《しゅうと》の道化役者が三世であったため、四世としてその名を継いだ。

写実的な描写を追求した南北の作風は、生世話《きぜわ》狂言《きょうげん》という一大ジャンルを確立した。『東海道四谷怪談』も、その流れの中で誕生した。

一八二九（文政十二）年十一月、『金幣猿島郡《きんのざいさるしまだいり》』を遺作として、四世鶴屋南北は七十五年の生涯を閉じた。死に際して彼は弟子に箱を一つ託し、自分が死んだらこれを開けと命じた。臨終の後、箱を開けると、狂言の台本のように正本《せいほん》仕立てにした『寂光門松後万歳《しでのかどまつごまんざい》』という戯作《げさく》が出てきた。この一世一代の最期の滑稽を遺族たちは忠実に実行し、葬儀のときは名だたる役者たちは無論のこと見物客が大勢押し寄せて、寺の境内に茶店が並んでにぎわったという。

三、化政期の美女たち

四世鶴屋南北が想い描いたお岩さまは美貌の女だった。劇中では元禄時代の御家人の娘という設定になっているが、歌舞伎狂言の舞台の上で役者が演じる架空の人物であるがゆえに、化政期の江戸庶民の女性観を多分に反映しているであろうと推察される。

化政とは文化・文政という年号の略称で、化政文化、化政時代という使い方がされることも多い。従来は宝暦から天明期も化政期に含まれていたが、近年は化政期は一八〇四年から一八三〇年の江戸時代後期に限定されている。従って現在、化政期といえば「寛政の改革」と「天保の改革」の間の期間を指す。化政文化に先立つ宝暦天明文化は「寛政の改革」で徹底的に弾圧された。

たとえば絵師・喜多川歌麿《きたがわうたまろ》は宝暦天明文化を代表する美人画の巨匠で、浮世絵隆盛の仕掛け人・蔦屋《つたや》重三郎《じゅうざぶろう》という版元と共に、大ヒットを連発した。顔にフォーカスした美人大首絵は美人画の概念を塗り替え、庶民の間で化粧が流行する下支えともなった。今の人々がスターの動画を見るのと同じように広告的な意味合いを帯び、消費行動を喚起した。ところがこれは寛政の改革によって潰される。文芸の世界も洒落本《しゃれぼん》や黄表紙《きびょうし》が弾圧を受け、衣服についても奢侈《しゃし》が禁じられるなどして、文化が委縮してしまう。その後、徳川家斉《いえなり》の治世のもとで息を吹き返した化政文化は、抑圧されていた反動と、新たな弾圧の予感に対する反発の間で発展した。

宝暦天明文化の歌麿は、のびやかな肢体と明るい表情を持つ、健康的な美女を描いた。それに対して、化政文化下で爆発的な人気を得た渓斎英泉《けいさいえいせん》は、退廃的な美女を描いたと言われている。退廃しているか否かは感想の域を出ないが、英泉が描いたのは、猫背、険のある眼差し、厚い下唇を持つ、翳《かげ》りを帯びた顔つきの妖艶な女たちだった。

お岩さまが歌麿的か英泉的かと問われれば後者だと思うのは、私だけではないだろう。

ところで、英泉と南北の息子、二世勝俵蔵（のちの五世鶴屋南北）の経歴には類似点がある。二世勝俵蔵は役者だったことがあったり本を書いたり遊女屋を経営していたが、九歳年下の一七九一年生まれの英泉も、十代の頃に市村座の立作者・篠田金治《しのだきんじ》の見習いだった経緯があって二十代の頃から好色本を盛んに執筆していた。そして南北が逝去した一八二九（文政十二）年からは根津の花街《かがい》で「若竹屋理助《わかたけやりすけ》」という別名で遊女屋の主人をやっていたというのだ。

『東海道四谷怪談』が初演されたとき英泉は三十五歳。すでに絵師としての地位を確立していた時期だ。当然観に行ったはずだ、というのも、翌年の一八二六（文政九）年に歌舞伎役者・尾上梅幸名義（花笠文京《はながさぶんきょう》が代作）で出版された『東街道中門出魁《とうかいどうちゅうかどでのさきがけ》 四ッ家怪談』という本の挿絵を担当しているのだから。『東街道中門出魁 四ッ家怪談』は、南北原作の筋書きを挿絵入りで紹介する内容だった。英泉は酒色に溺れた無頼の人物だったとも言われているが、出自は武士であり、家が零落して若くして家族を養わなければならなかったという。

南北の「四谷怪談」に登場する浪士たちと自らを重ねることはなかっただろうか？　また、後に遊女屋を営む折には、地獄宿の宅悦やお袖、夜鷹だったお岩さまを思い浮かべはしなかったか。そう想像しながらあらためて英泉の女たちを眺めると、化政期に生まれた「四谷怪談」の世界が生き生きと浮かびあがってくるようだ。

南北の「四谷怪談」に、お岩さまとお袖は娼婦として登場する。お岩さまは夜鷹のしるしの茣蓙《ござ》を抱え、お袖は夜は地獄宿で客を取っていた。さらにあの芝居に登場する主だった女たちは、脇役のお熊に至るまで離縁や再婚を経験している。それでいて、お岩さまもお袖も、これと定めた夫に対しては貞操を守ろうとするのだ。矛盾しているように感じる人もいるかもしれないが、女の身に立ってみれば、本命と結ばれている限りは浮気をしたいと思わない反面、仕事であると割り切れば、飢え死にするよりは春をひさぐほうがマシであるという考え方は、充分に説得力を持つものだ。

江戸時代、夜鷹や按摩が片手間に営む地獄宿の女は非公認で身を売る〝陰売女《いんばいおんな》〟と呼ばれ、幕府公認の吉原遊女とは違って、摘発の対象だった。幕府公認の遊郭は冥加金《みょうがきん》を納めることを条件に営業が許されていた。非公認の女は時折一斉に検挙され、まとめて吉原に放り込まれていた。

沢山美果子氏の『性からよむ江戸時代——生活の現場から』（岩波新書）には、化政期である一八二七（文政十二）年から一八四〇（天保十一）年に吉原送りになった陰売女百二十七人の名前、年齢、戸《こ》主《しゅ》と続柄などが記されている。それによれば陰売女の大半は、江戸の下層借家人、つまり最底辺の長屋で暮らす生活苦の女たちだった。親や夫が承知の上で商売している場合も珍しくはなかったという。今でも生活費のため、あるいは心の隙を衝《つ》かれた結果として身を売る女はいる。そう思うと、化政期と現代の世相には似通った部分があるのかもしれないとも思う。

南北のお岩さまは春をひさぐだけではなく、芝居の序盤で離婚と再婚もしてみせる。高木侃《ただし》氏の『三くだり半と縁切寺　江戸の離婚を読みなおす』（講談社現代新書）を読むと江戸では経済力を持つ女が徐々に増え、それにつれて、婚家から逃げる女房、婿養子を里へ突き返す女房も現れたという。比較的厳しかった武家でさえも十組に一組は離婚した。庶民はさらに放縦《ほうしょう》で、内縁関係が多く、くっついたり別れたりしており、明治初期の離婚率は約４％で、現代（二〇二二年は１・５％）の二倍以上だったという。法的には男が離婚の決定権を握ってはいたが、実は「三くだり半」は再婚許可証でもあったので、別れた妻が元夫に強いて書かせる場合もあったとか。

ここで大事なのは、お岩さまとお袖の姉妹も、離婚にせよ春を売ることにせよ、自我と自覚を持って行動していることだ。南北の身近にもそのような女たちがいたことは、息子の二世勝俵蔵が遊女屋の主人だったことからも推し測るに難くない。お岩さまたちにとっての貞操とは個人の意思であり、だからこそ時に男と対立して悲劇にも至る。しかし本来、普遍的な人間とはそのようなものだ。この二人の女の人間らしさこそ、南北の「四谷怪談」が時代の変化に耐えてきた所以であろう。

さて、お岩さまとお袖は美人姉妹だったとされているわけだが、化政期の女性たちの美容に関する認識はどのようなものだったのか。元禄時代に上方の裕福な商人や武家、豪農の妻子の間で広まりはじめた化粧の習慣は、次第に江戸にも及び、化政期の頃になると急速に一般化した。

一八一三（文化十）年には、美容マニュアル本が庶民向けに初めて発売されて大ヒット、百年以上にわたるロングセラーになった。この『都風俗化粧傳《みやこふうぞくけわいでん》』は、いわゆるメイクアップだけではなく、スキンケア、ヘアケア、ヘアカタログと髪の結い方、洗練された身のこなしまで美容全般を網羅した内容で、しかも図解付き。東洋文庫から出ている現代語訳を参照すると、武家の奥方やお公家のような白塗りは、「石仏のごときなんどと人の譬喩《ひゆ》にあいて、また後指をさされたまうべからず」と諫《いさ》める一方で、「濃き淡きは、我が顔に似合うように施し、耳の根、はえ際に、むらなくおとなしくつくりなすは、誠に自然の風流と見ゆるこそ、好《この》もしきもの」とナチュラルな色白肌に見えるようにすべしと提唱している。今の化粧術に通じる部分が多くてとても面白い。

反対に、現代では考えられないのが、結婚すると眉をそり落として歯に鉄漿《おはぐろ》を塗る習慣だ。黒は他の色に染まらないため貞節の証と考えられていた。これを踏まえると、毒を盛られたお岩さまが伊藤家に乗り込もうとするときに、ことさらに鉄漿を塗る場面が、より恐ろしく感じる。

化政期には紅化粧も流行し、唇、頬、目尻、爪などに適宜、濃淡をつけて紅を塗っていた。この当時には、下唇を緑がかった玉虫色に光らせる〝笹紅《ささべに》〟も人気が出て、渓斎英泉の美人画にも笹紅を塗った女がよく描かれている。紅は「紅一匁、金一匁《もんめ》」と言われるほど高価だったため、庶民の味方だった『都風俗化粧傳』には、唇に墨や行燈《あんどん》の油煙《ゆえん》を塗って、その上から紅を重ねる廉価版の笹紅法が紹介されていた。

創作された背景を踏まえるとお岩さまが芝居の書割《かきわり》から離れて生々しい女として立ちあがってくるように思われるのは、時代の真実が抉《えぐ》りだされているからだろう。

四、『於岩稲荷由来書上』の謎

『於岩稲荷由来書上』は文政年間の記録を集めた『文政町方書上《まちかたかきあげ》』の中の『四谷町方書上』の付録で、四谷伝馬町《でんまちょう》の町名主《まちなぬし》（別称町年寄《まちどしより》）孫右衛門《まごえもん》と茂八郎《もはちろう》なる人物が一八二七（文政十）年十月に連名で奉行所に提出した調査報告書の体裁をとっている。三田村鳶魚《えんぎょ》（昭和二十七年没）が著作『四谷怪談の虚実』（中央公論社『三田村鳶魚全集　第十八巻』）の中でこれを重視した影響もあってか、近年まで正真正銘の実録であると信じられてきた。

しかし一七二七（享保十二）年の奥書《おくがき》と一七五五（宝暦五）年の写記を持つ『四ッ谷雑談集』の写本の存在が再発見された今では、『於岩稲荷由来書上』はその信憑性をだいぶ失った。先行する『四ッ谷雑談集』に内容が酷似しているのだから……。

小池荘彦《たけひこ》氏は『四谷怪談　祟りの正体』の中で、演劇史家の郡司正勝《ぐんじまさかつ》氏の説を引きながら、『於岩稲荷由来書上』の真偽について考察している。郡司正勝氏は、この文書が『東海道四谷怪談』のＰＲのために南北が役人に働きかけて作らせたのではないかと説いていたという。

だが、小池氏の調査は郡司説にとどまらない。幕府直轄の学問所・昌平黌《しょうへいこう》から町奉行所に通達を出して於岩稲荷＝四谷怪談の縁起を記録させた事実へ、さらにその先の昌平黌の学頭《がくとう》・林述斎《はやしじゅっさい》の側近で高田四ッ谷町に住む間宮士信《まみやことのぶ》へと繋げていく。間宮家が『東海道四谷怪談』の大ヒットを知って動揺したのではないか、というのである。

タミヤとマミヤというだけでも紛らわしいが、芝居の舞台・雑司ヶ谷四谷町は、雑司ヶ谷鬼子母神のそばの高田四ッ谷町をあからさまに示唆《しさ》している。また、側近の間宮の悩みを知った林家でも、徳川綱吉公の頃に、お岩という女が夭逝《ようせい》していた。当時、「岩」はありふれた名前だったが、あらぬ誤解を受けないとも限らないではないか……。

しかし好運にも、林述斎は昌平黌の学頭として『東海道四谷怪談』の初演と前後する一八二五〜六（文政八〜九）年頃から、江戸府内の風土記《ふどき》を編纂《へんさん》する事業を起ち上げたところだった。間宮士信もこの地誌編纂に携わっていた。地誌を効率的に調査するために、林述斎は町名主を利用した。そしてできたのが、『於岩稲荷由来書上』であり、「四谷怪談は、高田四ッ谷町の間宮家や林家のお岩さんとは全然関係がない、四谷左門町の田宮家で百何十年も昔に起きたことである」という幕府の公文書が発表された――というのが小池氏の推理だ。

私が思うに、この『於岩稲荷由来書上』の一件には、「四谷怪談」の捉えどころのなさが如実に表れている。戯作者と幕府の役人。田宮家と菩提寺。武士と町民。立場の違いが何通りもの「四谷怪談」を生じさせてしまったのだ。真相は闇に葬られた。

だが、未だに真実の蘇生を試みる者たちが現れるわけで……私の推理はこうだ。その頃の四谷界隈には於岩稲荷の信者がいた一方で、菩提寺で特別にお岩さまの法要を行ったことや、『四ッ谷雑談集』の物語を知る者たちもそれなりに存在した。その結果、お岩さまについては陰謀論的に「真実」を語るものが一定数いて、すでに都市伝説化していたのでは？　お岩さまを口裂け女や人面犬《じんめんけん》と同列に扱うなど、それこそ罰があたりそうだけれど。

実録としての信憑性はゆらいだとはいえ、『於岩稲荷由来書上』には、新たに於岩稲荷田宮神社や妙行寺を取材したと思しき記述もあり、どうやら全部嘘というわけではなさそうだ。国立国会図書館に原本が保管され、『四谷區史《くし》』（昭和九年発行）や、郡司正勝氏の『新潮日本古典集成　東海道四谷怪談』（新潮社）に現代語訳が載っているので、「四谷怪談」を極《きわ》めたいという方は一読されたし。

片割れの顔

悪いことは重なるもので、私の伯父は親から継いだ八百屋を潰《つぶ》してしまい、酒に溺《おぼ》れて体を壊した挙句に六十半ばで死んで、成仏できずに幽霊になった。

八百屋の経営が傾いたのは、商店街の近くに大型スーパーマーケットができたせいで、伯父が不真面目だったわけではない。誠実に仕事をしていたのに、周りの店がみんなシャッターを下ろしだして客足が途絶えてしまったのだ。

アルコール依存症になったのも、呑む打つ買う、の中で呑むしかしてこなかった善良さゆえだったのは、親戚一同も認めるところだ。

私が幼い頃の伯父は酒も嗜《たしな》む程度で、八百屋の跡取りとして祖父母を助けて懸命に働いていた。戦後に東京の下町で祖父が興《おこ》した八百屋は、昭和の頃はとても繁盛していて、伯父は仕入れや配達を担って頼りにされていたものだ。

私が三歳のとき、祖父が肺癌《がん》で倒れて店の人手が足りなくなり、私の母が助っ人を頼まれた。母の姓に父が入っていたせいもあっただろう。今どきの人には理解しがたいかもしれないが、昔の人の感覚だと、母は結婚後も「八百屋の娘」なのだった。

ともあれ、母は、店番の合間に祖父の看病もすることを見込まれて、実家の八百屋のそばに父と私を連れて引っ越したのである。

父はおとなしい人で文句を言わず、私にとってはむしろ僥倖《ぎょうこう》だった。

八百屋の伯父には私と同い年の娘がいた。私に数ヵ月遅れて生まれた従妹《いとこ》で、ここでは仮に花《はな》ちゃんと呼ぶことにする。

伯母は母乳の出が悪く、母は里帰り出産したから、八百屋の二階で花ちゃんと私は母の乳房を分け合って吸って育った。乳《ち》のみ姉妹で赤ん坊の頃から仲良しこよしだったから、一緒に暮らせるようになったのが嬉しかったのである。

花ちゃんと私は、姉妹のようにして育った。保育園も小中学校も同じで、公園遊びも習い事も常に一緒。苗字も同じだったから、行く先々で双子《ふたご》に間違われたものだ。

ただし顔はあまり似ていなかった。足の指や爪の形はそっくりなのに、花ちゃんは可愛らしくて華があり、実《みのり》ちゃんこと私は地味な娘だったと思う。

ちなみに私は晩年の伯父が大嫌いで、香典だけ送って葬式に出なかった。

だから私のところにだけ伯父が化けて出たのだと思う。

伯父の墓参りに行くように促してくれたのは、花ちゃんだ。

花ちゃんと話すうちに良い頃の伯父さんや八百屋の記憶が蘇り、私は伯父の冥福を祈ることができた。すると伯父が出没することもなくなった。

花ちゃんと私は、昭和時代の八百屋を中心とした幸せな記憶を共有していて、今でもとても親しい。八百屋が失われてからの苦労と悲しみを思えば、私たちは戦友のようなものだ。

さて、伯父が幽霊になった話はこれで終わりだ。ここから本題に入る。

今からするのは、花ちゃんと私の不思議な因縁の話である。

花ちゃんと私が共に二十七歳の頃、花ちゃんには年上の恋人がいた。

たしか三十六歳で、相撲《すもう》観戦が趣味で知り合ったと言っていた。花ちゃんは、若乃花や貴乃花の全盛当時に熱心な相撲ファンになり、一時は相撲部屋へ見学に行くほどハマっていたので、相撲マニア同士で交流する機会があったに違いない。

あるとき花ちゃんがこんどから同棲することになったと言って、彼を紹介してくれた。

穏やかな性格の男のように見受けられ、男前でもあったから、私は花ちゃんのために喜んだ。

私自身は都心の会社で忙しく働いていて、通勤仕事飲食睡眠を繰り返すだけの毎日を送っていた。花ちゃんの恋愛によって、単調な生活に潤《うるお》いがもたらされるようにも感じた。

「もちろん結婚を前提としてお付き合いしています」と花ちゃんの彼氏は言っていた。

当時、花ちゃんの家族は八百屋滅亡以降の暗い時期にすでに突入していたので、こんなしっかりした大人の男性をつかまえるとは花ちゃんは目が高い、相撲が趣味の三十代の男なら貧乏ではないだろうし、花ちゃんが子どもを生んでもしっかり養ってくれそう……などと私は考えて、心から「おめでとう」と言祝《ことほ》いだのだった。

この後、花ちゃんから連絡してくることが減って、やがてすっかり途絶えてしまっても、私は良いほうへ受け留めた。恋人と一緒に暮らしていれば、たとえ姉妹同然であっても従姉のことを思い出す閑《ひま》が月に一回もあるだろうか？　いや無い。そう思っていたのだ。

久しぶりに電話してきた花ちゃんが、弾んだ声で「いよいよ入籍して結婚式を挙げるの」と話してくれたときには、馬鹿みたいに嬉しかった。

「よかったね！　おめでとう！」

「結婚披露宴の招待状を送るから、実ちゃん絶対に来てね」

「もちろん行くよ！」

挙式は五月初旬の日曜日ということで、二、三ヵ月先だった。招待状の葉書が届くと、もちろん出席にマルをつけて返信し、その日が来るのを首を長くして待った。


待ち望んだ花ちゃんの結婚式の日が明後日に迫った金曜日、私は大手町駅の構内でビジネススーツを着た大柄な男に突き飛ばされた。

夜、会社帰りの勤め人が多い時間帯だった。その男は、後ろから歩いてきて追い抜きざまに、壁に向かって私を突き飛ばすと、小走りに逃げていった。

私は右の顔面から壁に激突した。ぶつかった瞬間の衝撃がすぐに熱感に変わり、うずくまって手で右目を押さえると　掌《てのひら》が生温く濡《ぬ》れた。

ぶつかられると同時に落ちたバッグの蓋《ふた》が開いて、床に中身が散乱していた。震える手でハンカチを拾って綺麗な面を顔に当てた。

親切な通行人に手伝ってもらって散らばった物を回収してバッグに納め、よろよろと家路のつづきに戻ったが、大手町から乗り継いだ電車の座席ではずっと下を向いていた。

数年前から、私はアパートで独り暮らしをしていた。自分の部屋に辿りついて初めて、洗面所の鏡で怪我の状態を見た。

――お岩さん、だった。

右の瞼《まぶた》にできた切り傷を中心に、お椀《わん》を伏せたかのような巨大な瘤《こぶ》が生じていた。瘤のせいで右目は半分も開かない。今は赤く腫《は》れているが、時間の経過と共に濃い痣《あざ》になりそうだ。ただ、不幸中の幸いで切り傷は浅く、出血は止まっていた。

もう夜の十時だ。明日病院に行こう――私の勤め先は週休二日で明日は土曜だから。

日曜は花ちゃんの結婚披露宴だ。

私は情けない気持ちで、鴨居《かもい》に掛けたワンピースを眺めた。日曜に着ていくために新調した晴れ着だ。これを着て髪を結ってもらう予定で、美容院も予約済みだった。

私は実家に電話した。母が電話口に出た。

「お母さん、私ね、さっき顔を怪我しちゃったの。大手町でサラリーマンにぶつかられて、お岩さんみたいに右目の辺りが腫れちゃったんだ。明日病院で診《み》てもらうつもりだけど日曜までに治るとは思えない。どうしよう？」

「大変じゃない！　警察には通報した？」

「通報？　気が動転して思いつかなかったよ。……ねえ、どうしたらいいかな？　おめでたい席に怪我人が行ってもね。気を遣わせるだろうし、花嫁よりも目立っちゃいそうだし」

「ああ、えーとね、それはもう無いから大丈夫。あなたに知らせようと思ってたのよ」

「もう無いって、何が？　どういうこと？」

「花ちゃんの結婚がね……急遽《きゅうきょ》、中止になったの。お母さんもさっき聞いたばかりで驚いているところだよ。あの男、とんだ食わせ者だったみたい」

母によれば、例の男は花ちゃんの貯金を騙《だま》し盗り、仕事を辞めさせて逃れられなくしておいて、日常的に殴る蹴るの乱暴を振るっていた。

そして今日、花ちゃんはお岩さんのような顔で実家に逃げ戻ってきたのだという。逃げるときに、あらためて手酷《てひど》く殴られたらしかった。

母は「だから結婚はお流れというわけなのよ。それにしても不思議ね。実ちゃんまで顔を怪我をするなんて」と言っていた。

私は、双子のジンクスを連想した。片方が怪我をすると、離れて暮らしていても、もう一人も同じような怪我を負うそうだ。嘘か真《まこと》か、私と花ちゃんは双子ですらないけれど、魂の片割れ同士だから、似たようなことが起きたのだろう。

奇跡みたいなことはもう一回あった。翌朝、目が覚めたら、顔の怪我が瞼の小さな瘡蓋《かさぶた》を一つ残して、すっかり治ってしまっていたのである。

花ちゃんは長らく男性不信に陥り、相撲からも足が遠ざかってしまったけれど、何年かして素敵な伴侶《はんりょ》を得て、今は幸せに暮らしている。

結婚がお流れになってから間もなく、私は花ちゃんを慰めに行った。新色のマニキュアを持っていって、足の爪に塗《ぬ》ってあげたことを憶《おぼ》えている。

私と形がそっくりな足にお揃いのペディキュアをして一緒に出掛けた。

そのときには花ちゃんも、心はさておき、顔は綺麗に治っていた。

第四章　伝承と信仰に息づくお岩さま

はじめてのお祓《はら》い ――於岩稲荷社《おいわいなりしゃ》にて

四十代半ばの頃に、西巣鴨の妙行寺《みょうぎょうじ》と巣鴨プリズン跡地を訪ねたときに、不思議な体験をした。あれはたしか二〇一三年七月十五日で、炎暑の月曜日だった。

そのとき私は、巣鴨駅で午後四時頃から七時頃まで時間を潰《つぶ》す必要があり、ふとした思いつきで近場にある怖そうな所を見物しに行ったのだ。

私には、ときどきこうした稚気《ちき》の発作に駆られる癖がある。心霊スポットで肝試しをする暴走族と五十歩百歩の精神で、陽炎《かげろう》が揺《ゆ》れる地蔵通りを歩いて、まずは西巣鴨の妙行寺へ。

その三年ばかり前から週に三、四回も巣鴨へ通っていて、「おばあちゃんの原宿」と呼び称される地蔵通りから朝日通りを抜けて、件《くだん》の寺の門前まで散歩したこともあった。

巣鴨五丁目交差点でお岩通り商店街を横断すると、都電荒川線の踏切が見えてくる。

踏切を越えれば、すぐそこが妙行寺の正門だ。

歩きなれた町だから、安定した歩様《ほよう》で淀みなく歩いて、十五分ほどで到着した。

正門の右横に「お岩様の寺　妙行寺」と刻んだ石柱が立てられ、境内にも「四谷怪談　お岩さまの寺」と記した石碑があって、お岩さま目当ての参拝者が多いことを物語っていた。

目当てのお墓は、本堂の左横から入る墓地の奥にあった。

くすんだ景色から浮き立つ赤い鳥居が妖しい情緒を漂わせていた。この鳥居が田宮家の墓の目印で、そばに由緒書きが掲示されている。林立する卒塔婆《そとば》に囲まれた意想外に狭い一角が田宮家の墓所で、お岩さまのお墓は、その突き当りに鎮座していた。

この日の私は線香すら上げず、ただ手を合わせただけで、写真も撮らなかった。うなぎ供養塔や魚河岸《うおがし》の人たちが生類《しょうるい》供養のために建立《こんりゅう》したという巨大な法界塔《ほうかいとう》、逞しい日蓮像などを境内で興味深く眺めた記憶もあるが、このときではなくて一、二年後に友人の作家や編集者と行った折の想い出かもしれない。

足首を藪蚊《やぶか》に喰われたのをきっかけにして、早々に境内を出た。

表へ出て何歩か行きかけたところ、一台のタクシーが踏切を渡ってきて、私の目の前で停まった。参拝客を乗せてきたのだ。漆黒《しっこく》のアンサンブルを着た女が先に降り、白い日傘を差してうつむき加減で佇《たたず》む。次いで紙袋を携《たずさ》えた喪服の男が降りると、二人並んで門の中へ入っていく。どちらも六十年輩で、夫婦のようだが、揃って悄然《しょうぜん》として一言も発しない。

その年の東京の盆の入りは七月十三日だった。昨今は全国的に八月盆が標準になったが、今でも七月の盆供養にこだわる昔気質《かたぎ》な東京人もいる。

タクシーがまだ行っていなかった。私は急いで運転手に合図を送って乗り込んだ。

「暑かったから助かりました。池袋のサンシャインシティへお願いします」

タクシーの車内は涼しく快適で、十分足らずで目的地に着いたときには、降りるのが惜しかった。開いたドアのほうへ体の向きを変えたそのとき、運転手から声が掛かった。

「お客さん。忘れ物」と言って後部座席のシートを指差す。

見れば、私の櫛《くし》が落ちていた。背に厚みのある五寸の本柘植《ほんつげ》製で、若い頃に思い切って買った一生物の櫛だから、簡単に落とすような場所にはしまわない。

持ち歩くときは手鏡《てかがみ》と一緒に化粧ポーチに入れておく習慣だった。

その日は巣鴨駅を出てから一度も化粧ポーチをバッグから取り出していなかったのに。

運転手に御礼を述べながら、冷たい水を全身に浴びせられたような心地がした。

咄嗟《とっさ》に、若い頃に観た歌舞伎の『東海道四谷怪談』の髪梳《す》きの場を想い起こしていた。お岩さまが長い髪を櫛《くし》けずると、毒薬で爛《ただ》れた頭皮からゴッソリと髪が抜け落ちて額が禿《は》げあがり、世にも恐ろしい面相があらわになるのだ。

——妙行寺のお岩さまのお墓に、遺骨の代わりに櫛と鏡が納められていると知ったのは、それからしばらく後のことだった。

巣鴨プリズン跡地は、池袋の高層ビル・サンシャインシティの足もとにある。

今は東池袋中央公園として整備され、戦時中の東京拘置所や戦後にＧＨＱが戦犯の収容と処刑を行ったプリズンの痕跡は、慰霊碑を除き、拭い去られている。園内を見渡すと、青々とした植え込みの前に立つ「永久平和を願って」と記したその碑があった。誰が供えたのか線香の束が前に置かれ、濃い匂いがその辺りに垂れ込めていた。煙は上がっていなかった。

その後、山手線で巣鴨駅に戻った。移動中にふとした拍子に私の体から線香の匂いが立ち上ることに気がついた。この匂いはどういうわけだろうと訝《いぶか》しみながら巣鴨駅の駅ビルのカフェに行こうとすると、エスカレーターの踊り場に着物を着た女がうずくまっていた。

気にかけながらもエレベーターに乗ってしまい、やはり声を掛けるべきだと思い直して振り返ったところ、いなくなっていた。かすかな違和感に鳥肌が立った。

それだけでは済まなかった。エスカレーターから透明なアクリル製の壁越しに見えるフロアに、目が真っ黒な女がこちらを向いて座っていたかと思えば、カフェでは、胸まで顎《あご》が垂れたぬらりひょんのような老人が私の前で立ち止まり、杖で床を突きながら唸り声を上げたのである。たまらず場所を替えて入ったレストランでは、お冷《ひや》が二つ運ばれてきた。

恐る恐るこれは何かと訊《たず》ねたら、店員の答えは「お連れさまの分です」――。


「あの話、怖かったです」と担当編集者のFさんが言った。

時は変わって、二〇二二年の十一月のことだ。私はFさんと於岩稲荷田宮神社《おいわいなりたみやじんじゃ》を取材するために、四谷三丁目駅の地上口で待ち合わせた。歩く道々会話していて、拙著の怪談が話題に上った。

Fさんが言うのは、私が巣鴨で体験したことを書いた実話のことだった。

「やはり巣鴨の妙行寺さんにも取材に行ったほうがよいでしょうね」

「はい。ぜひご住職にお話を伺いたいです」

「承知しました。ところで先生は、以前田宮神社にも行かれたことがあるんですよね？」

「ええ。でも八年ぐらい前のことで、私は作家の村田らむさんと編集者のKさんにくっついていっただけで、神社の方と何を話したのか全然憶《おぼ》えていません。先方も忘れていらっしゃるでしょう。それより、今日は本当にお祓いを受けられるんですよね？」

Fさんが本書の企画を担当するにあたり、ベテラン編集者の面々から忠告されたそうなのだ。

「四谷怪談」を触るなら作家共々お祓いを受けなければいけないよ、と。

ところが私は、生まれてこの方お祓いを逃れつづけてきた変人なのだった。

赤ん坊の頃から、寺社で厄除けをする段になる度に風邪をこじらせるなどして受け損ねてきたので、成人後は意識してお祓い処女を守ってきたのである。厄年も無視。事故物件を取材しようが霊障と思われる事案に巻き込まれて怪我をしようが、お祓いは受けなかった。

怪談作家と名乗るようになってからは、お祓い不可を公言し、自慢にもしてきたのだが。

「先生、受けてくださいますよね」とFさんが不安そうな面持ちで私の顔色を窺《うかが》った。

「もちろん。愉《たの》しみにしていました。はじめてのお祓いが四谷怪談のためになるとは」

軽佻浮薄《けいちょうふはく》の徒らしい言い草だが本心で、お話をいただいたときから心待ちにしていた。

お岩さまの実家でお祓いを受けて「四谷怪談」の本を書くなどという機会が、この先私に巡ってくるとは思えない。運命だったのだ。このためにお祓い処女を保つように神さまがはからってくださっていたに相違ない。そう信じて、ありがたくお受けすると決めたのだ。

そうこうするうち、左門町《さもんちょう》の於岩稲荷田宮神社に到着した。

午前十時五十分。十一時ちょうどに祈禱《きとう》を予約していた。初冬の曇天に溶け入りそうな石造りの鳥居から境内を窺うと、黒ずんだ拝殿の引き戸が閉じて、静かだった。

鳥居の左に「東京都指定旧跡　於岩稲荷田宮神社跡」と書かれた東京都教育委員会による説明板が立ち、境内を囲む玉垣に、渋谷三業料亭組合、歌舞伎座、明治座、演舞場といった寄進者の名前が朱塗りで記銘されていた。赤い神社幟《のぼり》と玉垣の朱文字が呼応して美しい。

鳥居の中央に掛けられた於岩稲荷田宮神社の扁額《へんがく》の下を潜《くぐ》り、左手の手水舎《ちょうずや》で手を浄《きよ》めた。この手水舎は、お岩さまの時代から使われていた湧き水を引いているという。

お岩さまもこの水で炊事をしたのか……と、江戸の昔に想いを馳《は》せつつ拝殿へ向かった。

屋根は緑青《ろくしょう》の付いた銅葺きで、高床《たかゆか》になった縁側の板敷きは古びていた。おそらく一九五二（昭和二十七）年に鳥居などと共に建立してから、建て替えられていないのだろう。

拝殿の手前に、赤い耳と前掛けをした狐像が通路を挟んで一対並んでいた。

左の狐は玉を、右の狐は鍵を前肢《まえあし》で優しく踏んでいる。後で禰宜《ねぎ》さんから聞いたのだが、田宮家の先祖が駿河《するが》から江戸に移住した際に伏見稲荷大社の神を屋敷神《やしきがみ》にしたとのこと。

伏見稲荷の狐像には玉や鍵を咥《くわ》えたものがある。玉は一般に神の霊力を象徴するとされているが古くは稲の霊魂を表したそうで、鍵は穀倉の鍵であり、伏見稲荷の主祭神・宇迦之御魂大神《うかのみたまのおおかみ》は、於岩稲荷田宮神社の二祭神の一柱、豊受比売大神《とようけひめのおおかみ》と同一の神だともいう。

こちらの神社の神さまのもう一柱は、田宮於岩命《たみやおいわのみこと》。神格化されたお岩さまである。

Fさんが訪《おとな》いを入れて、禰宜の栗岩英雄《くりいわひでお》さんとお連れ合いの案内で、一緒に拝殿に上がった。挨拶と自己紹介をして、椅子に腰を落ち着ける段になると、

「最近、腰を痛めてしまって、立ったり座ったりが大変なんですよ」と栗岩さんが言った。

聞けば九十三歳になられるとのこと。

鶴のような上品な紳士だから、神職装束が端然《たんぜん》としてキマっている。黒い烏帽子《えぼし》、純白の衿を覗かせた空色の有職文様《ゆうそくもんよう》の狩衣《かりぎぬ》と差袴《さしこ》。眼鏡の奥の瞳がたいへん明るい。

栗岩さんは一九二九（昭和四）年東京生まれ。千代田区立錦華《きんか》（現・お茶の水）小学校校長、同幼稚園園長の職を最期に計四十一年間にわたり教職に従事。在職中から、文部省および東京都の教育関係各種委員、全国連合小学校校長会常任理事、東京都小学校校長会副会長、全国小学校国語研究会会長、千代田区教育委員会教育委員長、日本児童教育振興財団理事、竹早教員保育士養成所理事などを歴任。

検定国語教科書、国語辞典、百科事典の編集執筆をはじめ日本語教育関連の著書多数という実績から、一九八七年に第十八回博報賞を受賞されている。

このとき、栗岩さんは禰宜で、宮司はご子息の第十一代当主・田宮均さんだと聞いて、私は田宮家の家系図に登場する山浦氏と田宮氏の関係性を連想した。

『於岩稲荷由来書上《おいわいなりゆらいかきあげ》』には、田宮家跡地に暮らしていた五代目山浦氏の屋敷に於岩稲荷が祀《まつ》られており、妙行寺でお岩さまの法要を行ったとある。過去帳にも山浦氏が在住していた記録が残されているそうなので、ここに山浦氏がいたことは明らかだ。

栗岩英雄さんは婿《むこ》養子の立場で、かつ田宮家の一員だ。ご子息も宮司とは別に放送関係のお仕事をお持ちで、そちらでは栗岩姓を名乗り、宮司としての田宮姓と使い分けている。

仮に田宮家での立場が山浦氏＝栗岩氏であれば、田宮家が断絶していないとする於岩稲荷田宮神社の公式見解と、過去帳や『於岩稲荷由来書上』との矛盾が消える。

さて、田宮家における山浦氏の件は、このとき傾聴した他の事柄と共に後述するとして、お祓いを受けた当日に話を戻す。

拝殿は二間つづきの造りで、奥の間に祭壇があった。清酒が供えられており、他にも多くの奉納品が並べられていた。有名な講談師や歌舞伎俳優の名入りの供物も置かれている。

まずは祭壇のある奥の間で儀式が行われた。Fさんと一緒に指示に従って緑の麗しい真榊《まさかき》の枝を祭壇に捧げた。

奇跡めいたことが起きはじめたのは、そのときだ。

栗岩さんが祝詞《のりと》を詠《よ》みだした途端に、突然、強風が拝殿の壁を叩いたのである。ひと吹きでは終わらず、すぐに境内で小さな嵐が巻き起こったかのようになった。築七十年あまりの拝殿は、ギシギシガタガタと壊れそうな悲鳴を上げて揺《ゆ》れた。

これはただの風ではない。Fさんを横目で窺《うかが》うと、頭《こうべ》を垂れつつ、心なしか表情が強張《こわば》っていた。

やはり、いくらなんでもタイミングが怪しすぎるとFさんも感じているのだと思った。

しかし、栗岩さんは涼しい顔で祝詞を詠んでいる。

「諸々《もろもろ》の禍事罪穢《まがごとつみけがれ》あらむをば、祓《はら》いたまえ清めまえと申すことを聞こしめせと、恐《かしこ》み恐み申す……。作家川奈まり子、伊《い》ッ。……関係者一同および書籍の読者遍《あまね》く……伊ッ、伊ッ」

老神官の美声が朗々《ろうろう》と響き、幣束《へいそく》が打ち振られた。

こころなしか前よりも空気が清浄になったような気がし、最後に「無事、安全祈願、滞りなく終わりました」と栗岩さんが私たちに告げると同時に、荒ぶる風が鎮まった。

今しがたの不思議な風については発言を控えた。これから本格的にインタビューさせてもらうのに、厳粛な儀式を損なったと受け取られかねないことをするものではない。

Fさんも同じように考えたのだと思われる。風については何も言わなかった。

この日は、「四谷怪談」に関する別の取材も入っており、移動、打ち合わせ、取材、と時間が流れ、現在に至るまで風の件は口にしていない。

そういうわけで――怖かったですよね、Fさん！

お祓いの後で神札を賜った。社紋の下に「御影《みかげ》」と墨書《すみがき》されたシンプルな神札である。

昨今は御影石や地名にしか使われない言葉だが、御影とは神や貴人の御霊《みたま》の意味だ。

亡くなった人の姿を表わす「みえい」という読み方もある。

つまり、この神札には御祭神となったお岩さまが宿っているのだ。

於岩稲荷田宮神社の社紋は「陰陽勾玉《いんようまがたま》」といって、太陰太極図《たいいんたいきょくず》と意匠が似ている。

太陰太極図は陰の気が極まると陽に転じ、陽の気が極まれば陰に転じ、物事は黒白に分かれず、何事にも陰と陽の両面が存在することを表し、白い勾玉と黒い勾玉が円の中で縦に連なる。それに対して、こちらは水平に重なっているのだ。これが歌舞伎『東海道四谷怪談』の舞台で田宮伊右衛門を演じる役者の羽織や着物に家紋として染め抜かれているのを一度ならず見た覚えがある。

御朱印代わりの「ことばのお守り」が何種類か用意されていて、好きなものを頂戴できるとのことなので、一枚選ぶと、「思うことなき日々を経て　我が身立つ」と書かれていた。

インタビューでは於岩稲荷田宮神社の成り立ちとお岩さまについてや、『東海道四谷怪談』についてといった、本書に欠かせない話を中心に伺ったのだが、栗岩さんの個人的な体験談も非常に愉《たの》しくお聴かせいただいた。

中でも面白かったのが、田宮家に婿入りした経緯にまつわる話だった。

「僕の女房は十代目田宮保松《やすまつ》の娘。……僕は嫌だったのよ、お岩さんの所に来るなんて」

なぜ嫌だったかといえば、答えは単純で「四谷怪談が怖かったから」だという。

昔は「四谷怪談」の映画が盛んに作られた。二十世紀中に三十作以上というから凄まじい。日本映画情報システムの検索ページその他で調べたところ、一九二六年から一九三七年までだけでも十本以上の「四谷怪談」映画が公開されていたことがわかった。

栗岩さんは少年時代を過ごした昭和十年代前半（一九三五年〜）に四谷怪談映画を観たそうだが、甲陽映画製作の『四谷怪談』（一九三六年）や新興キネマの『いろは仮名四谷怪談』（一九三七年）のことだろうか。当時は旧作が繰り返し上映されたことも鑑《かんが》みれば、松竹キネマの『新四谷怪談』（一九三二年）もご覧になったかもしれない。

「今の皆さんは知らないでしょうが、昔は四谷怪談が上映されるときは映画館の入口に祭壇が設けられていて、お詣りしないと館内に入れなかった。入場券を買ったら二礼二拍手一礼して安全祈願をしてから入る。だから四谷怪談っていうのは特別怖かったね」

栗岩さんは大塚《おおつか》の生まれで、ご本人曰く「おやじは下っ端役人で、ふつうの学校の学費は払えないよって言われて」まずは東京第二師範学校（旧・豊島師範学校）へ進学した。現在の学芸大学のことである。

「昔は、貧しくても志のある人は皆、師範学校へ行った。師範学校ならタダで行かせてもらえて、卒業すれば必ず先生になれたから。僕もそうでした。卒業後は小学校の先生をやりながら、國學院大学第二部（夜間）に通った。民俗学をやろうと思って」

折口信夫《おりくちしのぶ》や柳田國男《やなぎだくにお》のように新しいことを発見してゆく学者に憧れてのことだった。そして國學院の大学院で神職の資格を取ったのだが、これが彼の運命を変えた。

「その頃の僕は、学芸大学の教授の家で書生をしていた。この恩師の妹さんが青山大学短期大学英文科の学生部長で、その妹さんの弟子がうちの女房だった。兄と妹、つまり恩師同士で結託して、それぞれの弟子を結婚させようとしたんだよ。田宮家では婿のなり手を探していて、僕が國學院で神社の研究をしていたもんだから、ちょうどいいやってなもんで選ばれちゃった」

しかし栗岩さんは「四谷怪談」が怖かったので、ぜひとも見合いをしろという恩師の勧めを一度は断った。すると――。

「恩師にお断り申し上げた日の夜、風呂に入ったら風呂場の床がガタガタッと崩れるように割れて、引っくり返って大怪我しちゃった。まだ傷痕があるんだよ。これ以上、罰が当たったら嫌だなと思ってお見合いしたんだ。女房が善い人でよかったよ」

　彼は『於岩稲荷田宮神社と「四谷怪談」』に、新婚当時のことをこう書かれている。

「恐々《こわごわ》ながらもお見合い結婚ということになり、長男が生まれたら田宮家十一代を継がせることにもなった。すぐに妻の家・於岩稲荷田宮神社の地続きの家に住むことになり、正直申して、夜暗くなって学校勤めから帰宅する際、境内を通るのに肌寒い思いをし続けていた」

と、このように飄々《ひょうひょう》とした魅力にあふれる栗岩さんだが、インタビュー中には何度か、ご自身の中の一本筋の通った知性をお見せになった。

　このお社《やしろ》は、国家神道を掲げる明治政府の下、神社本庁に包括される神社になったものである。その際、「〇〇神社」という定型に従って、田宮神社となった。だが、元来は民間信仰の稲荷社だった。その史実を踏まえて、「於岩稲荷社《おいわいなりしゃ》と書いてください」と仰《おっしゃ》っていたのが忘れられず、本項の副題に入れた次第である。

一、お岩さまの諸説を俯瞰《ふかん》する　——江戸開幕から昭和まで

田宮家と於岩稲荷田宮神社についてては諸説ある。まずは、諸般の資料に事実として記されていることを年代順に並べ、根拠に記号をつけた。

Ⓣ　於岩稲荷田宮神社の見解　釣洋一著『四谷怪談360年目の真実』によるものは末尾に（★）
Ⓜ　妙行寺《みょうぎょうじ》の見解
※　それ以外

Ⓣ　一六〇三（慶長八）年三月二十四日〜江戸時代初期　田宮家が江戸に移住
ⓉⓂ　一六二二（元和八）年　初代田宮伊右衛門《いえもん》（岩の父）が死没（★）
ⓉⓂ　一六三六（寛永十三）年二月二十二日　田宮岩が三十六歳で逝去
ⓉⓂ　一六三八（寛永十五）年七月二十二日　二代目田宮伊右衛門が三十七歳で逝去
※一六五七（明暦三）年　三宅弥次兵衛正勝《みやけやじべえまさかつ》が御先手鉄砲組頭《おさきてぐみてっぽうくみがしら》に就任
※一六六三（寛文三）年十一月十八日　諏訪左門《すわさもん》が御先手鉄砲組頭に就任
※一六八四〜八八（貞享一〜元禄一）年　田宮岩と伊右衛門の結婚から十八人が変死する騒動
Ⓣ　※一七一五（正徳五）年　四代目田宮伊左衛門《いざえもん》（伊右衛門のモデルとも言われる）が死没（★）
Ⓣ　※一七一七（享保二）年　山浦甚平が於岩稲荷を勧請し、於岩稲荷社が誕生

Ⓜ一七一九（享保四）年　お岩さま没後八十四年目に妙行寺四代目住職・日遵上人《にっそんしょうにん》が回向《えこう》
※一七二七（享保十二）年『四ッ谷雑談集』刊行
※一七八八（天明八）年　唐来山人《とうらいさんじん》作の黄表紙『模文画今怪談《ももんがこんかいだん》』刊行
※一八二二（文政五）年　六代目田宮氏が死没（★）
※一八二五（文政八）年七月『東海道四谷怪談』初上演
※一八二七（文政十）年『文政町方書上《ぶんせいまちかたかきあげ》』に『於岩稲荷由来書上』が付される
※一八五〇（嘉永三）年　現在の田宮家の場所に「於岩イナリ」と地図に記される
※一八五八（安政五）年　七代目田宮徳次郎が死没（★）
Ⓣ一八七〇（明治三）年　神仏分離令により社の名前を於岩稲荷田宮神社に改称
※一八七九（明治十二）年　火災で田宮神社社殿・田宮家屋敷が消失。越前堀《えちぜんぼり》に新たな社が建つ
※一九二五（大正十四）年　岡本綺堂《きどう》が『演劇画報（五月号）』に「四谷怪談異説」を寄稿
Ⓣ※一九三一（昭和六）年　於岩稲荷田宮神社跡地（現・新宿区左門町）が東京府史跡に指定
Ⓣ※一九四五（昭和二十）年～　陽運寺再建。本家争いが新聞で取りざたされる
Ⓣ※一九五二（昭和二十七）年　四谷の旧社地に於岩稲荷田宮神社を再建

――困ったぞ、というのが、全体を眺めたときに感じた偽《いつわ》らざる気持ちだった。

お岩さまも伊右衛門も実在したとはいえ、いつの時代の誰のことなのか、確定できないのが実情なのである。それを踏まえた上で、次頁より各所の伝承を検証したいと思う。

二、於岩稲荷田宮神社《おいわいなりたみやじんじゃ》に伝わるお岩さま――鴛鴦《おしどり》夫婦説

　ことほどさように「四谷怪談」の謂《いわ》れには矛盾《むじゅん》が多い。田宮家においても、栗岩英雄氏（実話怪談では「さん」呼びしていたが、ここでは「氏」とする）に肩入れしたい気満々ではあるが、先代宮司の田宮保松《やすまつ》氏は、お岩さまと伊右衛門が仲睦まじかったとする現在の於岩稲荷田宮神社の見解と異なる見解を持っていたようなのだ。伊右衛門がお岩さまを虐待していたという点は妙行寺《みょうぎょうじ》が唱える説と合致し、お岩さまが失踪したとするのは『四ッ谷雑談《ぞうだん》集』以来のお岩さま伝説と同じである。

　――ここで私が想い起こしたのは、栗岩氏が繰り返し説いていた「元々は民間信仰のお社《やしろ》だった」という話である。岡本綺堂《きどう》は大正時代に『演劇画報』に寄稿した「四谷怪談異説」で栗岩氏（現在の於岩稲荷田宮神社）とほぼ同じことを唱えているのだ。

　現在、於岩稲荷田宮神社では同社の起源について、こう謳《うた》っている。

「お岩さまと婿《むこ》養子の田宮伊右衛門《いえもん》は人も羨む鴛鴦夫婦だったが、禄高三十俵の家計は苦しく、お岩さまは屋敷神《やしきがみ》を信仰しつつ奉公に出て蓄えを殖《ふ》やした。おかげで田宮家は再興した。これが評判になり、近隣の人々が好運にあやかろうと、田宮家の屋敷神を信仰するようになった」

　岡本綺堂の「四谷怪談異説」には、これと異なる点が二つだけある。一つは、お岩さまと伊右衛門が貧しさのあまり形式的に夫婦別れして貯金するためにそれぞれ住み込み奉公をしたという下り。もう一つは、念願が叶い伊右衛門と再び一緒になれたお岩さまが、奉公先の武家から稲荷大明神を勧請《かんじん》して屋

敷神を建てた、というところなのだが……思うに、どちらも現在於岩稲荷田宮神社の謳う栗岩氏の説をあまり邪魔しない。岡本綺堂は、この随想の中で、こう述べている。

「その稲荷には定まった名前が無かったので、誰が言いだしたともなしに、お岩稲荷と一般に呼ばれるようになった。こういうわけで、お岩稲荷の縁起は徹頭徹尾《てっとうてつび》おめでたいことであるにも拘《かか》わらず、講釈師や狂言作家がそれを敷衍《ふえん》して勝手な怪談を作り出し、世間が又それに雷同したのである。（略）この説もかなり有力であったらしく、現にわたしの父などもそれを主張していた。ほかに四、五人の老人からも同じような説を聴いた」

尚、岡本綺堂の父と周辺の老人たちは、田宮家と同じく山手《やまのて》エリアの武家系の人々だ。民間信仰のお社だったことについて、栗岩氏も綺堂説と同じようなことを私のインタビューに応《こた》えて話していた。綺堂説と違うのは稲荷社《いなりしゃ》のルーツだ。

「お岩さんは、田宮家が傾いているのを立て直すために、麹町《こうじまち》の大名屋敷に奉公して家計を助けた。まだ野原だらけで寂しかった開幕直後の江戸に入ってきた御家人は、伏見稲荷を背負って駿河から来た。だから田宮家のお岩さんも伏見稲荷を屋敷神としてお祀《まつ》りしていたわけ。一六三六年にお岩さんが亡くなると、お詣《まい》りすればお岩さんのように自分の家を守れると言って、周りの奥さん連中を中心に、お岩さんが祀っていたお稲荷さんをお詣りしはじめた。やがて左門町稲荷、四谷稲荷……といろいろに呼ばれながら、この辺では有名になっていった」

江戸には、こうした流行神《はやりがみ》が数多く存在していたと言われている。稲荷社が最も多く、三百社もあったそうだ。どこも、何か尊ぶべき、または畏《おそ》れるべき伝承があって信仰を集めていた。鐵砲洲《てっぽうず》稲荷神社や波除《なみよけ》稲荷神社など、その名にいわれを残す神社が今日もある。

栗岩氏の説を採るなら、左門町の御家人たちの間では、それがお岩さまのお社だった。さらに、田宮家および妙行寺に伝わる実在のお岩さまこと田宮岩は、開幕直後の江戸に駿河から移住してきた田宮家初代の娘であるから、江戸初期の、恐らく家光公の時代に亡くなり、長い年月を掛けてじわじわと神格化が進んだことになる。家族や親戚が、お岩さまにあやかりたいと思って信心する時代も長かったであろう。極めて素朴な信仰で、広く伝播《でんぱ》したといっても、周りは組屋敷。町民とは隔たりがあったはずで、四谷を中心とした山手の御家人の家族の間だけで広まっていったのでは……。

栗岩氏は、お岩さまの奉公先も旗本屋敷か大名屋敷だったと推測している。そうなると、ますます武家の外にまでは拡散しなかった可能性がある。綺堂の周囲の老人は山手の武家系だから、この話を知っていたのではなかろうか？　また、明治政府と神社本庁の圧力と、存続のための迎合や忖度《そんたく》、弾圧後の世間の忘却という影響もありそうな気がする。どんなにささやかなお社であっても、国家神道を推し進める明治政府にとっては存在してはならないものだった。

「うちのお社は、お岩さまの没年から約二百年間も、実在した人間である田宮岩を祀る民間信仰のお社として、純粋な信仰心を保っていた。けれども明治時代に、神社にしないとお社を潰すと国が言ってきたから仕方なく、天照大神《あまてらすおおみかみ》を祀る国家神道の神社本庁に包括されて、その際、我が家の苗字を付けて田宮神社にした」と栗岩さんは述べた。

民間信仰を研究した民俗学者は多いが――。

「民間信仰の研究は大切。国家神道の進め方を批判した柳田國男《やなぎだくにお》、折口信夫《おりぐちしのぶ》、南方熊楠《みなかたくまぐす》、この三人は、天照大神を祭る神社本庁からは、未だに嫌われていますよ」

栗岩氏も民俗学の方面では院卒であり素人ではない。「僕個人は、うちを神社って言いたくなくて、社《やしろ》と呼んでいる」とも仰っていた。尊敬する先達《せんだつ》と、胸の中で軌《き》を一《いっ》にしているのだ。

『東海道四谷怪談』初演以降の変化について、栗岩氏が田宮家に婿入りしてきたときはまだ存命だった一八八四（明治十七）年生まれの〝おばあちゃん〟こと保松氏（義父）の実母（妻の祖母）は、こうボヤいていたという。

「お化けのお宮になっちゃって困ったわね」

初演は一八二五年。その頃は山浦甚蔵《じんぞう》が於岩稲荷社を屋敷神として祀っていた。おばあちゃんが生まれる約六十年前だ。彼女が生まれ育った「明治の四谷左門町」は、入り婿・栗岩氏を迎えた昭和時代とは別世界の様相を呈して、御先手鉄砲組《おさきてでっぽうぐみ》の組屋敷の面影が濃かった。下級御家人の屋敷街だったのだ。

彼らは民間信仰の於岩稲荷社を知っていた。信心している者も大勢いたことだろう。

「明治の間に大半の御家人の家がダメになった。昭和の初め頃までサクライさん、サカキさんという御家人の子孫が住んでいたがそれが最後。うち以外は大体、明治以降に移ってきた家です。二百年もお岩さんを尊敬していた人たちがお詣りしてきたのに、鶴屋南北《つるやなんぼく》が四谷怪談を書いてから、これまでとは違う層がお詣りに来るようになった。役者や芸者、芝居を観た人たちとか」と栗岩さん。

明治生まれのおばあちゃんは、参拝する客層が山手エリアの婦人たちを主とする限られた人々から、歌舞伎狂言で「四谷怪談」を知った大衆へ入れ替わる過程を見てきたのである。

「怪談のおかげでお詣りしてくれる人が増えた半面、お化けのお稲荷さんになった」

戦後に旧社地にお社を建て直すまでは、人々がお詣りしていたのは新川の於岩稲荷田宮神社だったと思われるが、四谷の焼け残った祠に手を合わせる者もいたであろうし、少なからず陽運寺へ流れたことは想像に難くない。とはいえ、栗岩氏には『東海道四谷怪談』を怨《うら》む気持ちはない。

「僕に言わせれば、『東海道四谷怪談』は江戸の怪談劇じゃなくて幕末の幕政批判劇ですよ。怪談話に引っ掛けなきゃ幕府を批判することはできなかったんだ。鶴屋南北の四谷怪談は、武士がだらしないことを表している。忠義を尽くす立派な武士の話である忠臣蔵とテレコにして、武士の堕落を暗に批判した。亡くなった郡司正勝《ぐんじまさかつ》先生ともこういう話をしたことがあるんだけど、郡司先生と意見が一致したよ。南北は戯作者じゃなくて思想家だ、と」

しかしこれは初演だけのことで、再演以降は「四谷怪談」が単独で舞台に掛けられてきた。

「忠臣蔵が抜けちゃった。幕政批判につながるからと、幕府のほうでそういうふうにしたのかもしれない。恐ろしいね。それこそが怪談だよ」

私は最後に、「芝居などで四谷怪談を演《や》る前に、ここをお詣りしないと祟《たた》りに遭《あ》うと言う人もいますが、どう思われますか?」と栗岩さんに訊《たず》ねた。

いつも考えていたことなのか、淀みなく返されたその答えは――。

「僕は、ここにお詣りしないと祟りがあるなんて言ったことはない。まだ電気も無かった時代に、ああいう仕掛けの多い芝居をやったら、暗いせいで足もとが見えないから怪我をするようなことも多かったでしょう。祟りのせいじゃありませんよ。僕は、祟りなんていうものがあるとは思わない。うちをお詣りしないと祟られると言い伝えられているけれど、お詣りしなくてもいいんですよ」

我が意を得たり、と、私は心中ひそかに考えた。だから私はお祓いを受けずに生きてきた。霊障めいた怪しい怪我をしても、何々をしないと祟られるぞと脅すような言説《げんせつ》には乗りたくなかったのだ。初めて私を祓ってくれた神官が、この人で良かった。

「お詣りすれば叶うなんていうのは、間違い。前向きに努力をするからこそ願いが叶うんだよ。誠実に生きようという気持ちがなければ、いくら手を合わせても意味がない。ただ、自分だけで生きるよりも、神さまの存在を感じられたほうが心強いでしょう」と老禰宜は私に問いかけた。

では、先刻受けたお祓いのとき拝殿を揺らした一陣の風は、神の励ましだったのだ。ここでこの人に祓われた以上、私はそういうふうに信じるべきだ。

栗岩氏が考える神への祈りとは何か。それは拝殿に掲示された氏の言葉に表されていた。

――神仏を信ずれば、信ずるということから、その人の中に人格的な力が生じるのです。そういう意味において、何ものかに敬虔《けいけん》な気持ちを持つということはいいことなのではないでしょうか。祈願するということは、その人が日常つねに神仏への願いを心に秘めて明るく強く生きていけることになるのです――。

ちなみに、このときFさんが選んだ御朱印がわりの「ことばのお守り」は、「自己を励ます神の存在に気付く」という一枚だったという。

三、陽運寺《ようんじ》に伝わるお岩さま　――夫婦円満説

現在、左門町の於岩稲荷《おいわいなり》は、於岩稲荷田宮神社と陽運寺の二ヵ所にある。於岩稲荷田宮神社と陽運寺が長らく本家争いをしていたのは有名な話だ。田宮家のお社は、明治十二年に近隣一帯を焼いた火事で焼失して中央区新川《しんかわ》に移転したが、旧社地に小さな祠を残していた。ところが昭和二十年の空襲で、新川の於岩稲荷田宮神社も全焼して戦後に再建しているときに起きたのが、陽運寺との諍《いさか》いだった。

陽運寺のほうにも言い分はあった。長照山《ちょうしょうざん》陽運寺は日蓮宗の寺院で、山梨県見延山久遠寺《みのぶさんくおんじ》を本山とする。於岩稲荷は失われて久しく、空襲で焼け野原となった左門町に、初代住職の日建上人《にっけんしょうにん》が古い祠や井戸がある場所を見つけて、四谷の地元有志と共に栃木県にあった薬師堂を移築してお岩さまを祀《まつ》る霊堂としたのだ。

江戸時代の組屋敷の頃とは区画が変わっており、この井戸などが元の田宮家の物ではないと言い切れるのかどうか……。いや、むしろこっちが本物で、これがお岩さまの産湯《うぶゆ》に使った井戸でござい、と、寺側が主張したので、左門町界隈の昔ながらの信者たちが義憤《ぎふん》に駆られて田宮家に進言。田宮家では、終戦から七年目に飛地境内社《とびちけいだいしゃ》を旧社地に再興して、巻き返しを図ることになった次第だ。

――だが、性質が異なる事物が二つ並んでいると、自然に棲《す》み分けができてくるものだ。お社と寺という以上に、昭和三十年代の一時期は境内で銭湯を営んでいたという陽運寺と、三百年以上前に起源が遡る雅朴《がぼく》なお社とでは、違いが歴然としていた。

訪れる身には、両方とも参詣できるロケーションがありがたい。陽運寺の境内は、その名の通り陽《よう》の気にあふれている。赤い於岩稲荷の提灯《ちょうちん》を横目に山門を潜《くぐ》ると、青々とした苔庭やガーデンテラス、参拝後の休憩にちょうどいいカフェがある。売店で売られているお守りや御朱印帳、数珠といった品物のセンスも良い。本堂にはお岩さまの木像や日蓮上人の御尊像、鬼子母神像、大黒尊天像が安置され、稲荷の外宮《げぐう》もお詣りできる。陽運寺でも、実在したお岩さまを「於岩稲荷大善神《だいぜんしん》」として神格化して奉《たてまつ》っている。寺院が建立された当初からあるお岩さまの木像は、仏の智慧《ちえ》と優しさを併せ持つ慈母の趣きを持っており、着物を纏《まと》って合掌したこの姿が寺のアイコンにもなっている。

こちらのお岩さまも伊右衛門とは夫婦円満だったとされ、良縁を招き、悪縁を除く御利益があるという。奉納された絵馬の数がおびただしく、高い人気を物語っていた。縁切り祈願をする人が多いと聞いたことがあるが、仲睦まじそうにお詣りする二人連れが何組も見られた。

陽運寺の寺名には、運気をもたらし、太陽のように分け隔てなく人の心を温めたいという願いが籠《こ》められているという。神になったお岩さまは、今日も誰かの祈りに耳を傾けている。

四、妙行寺《みょうぎょうじ》由緒のお岩さま　――悪夫《あくふ》伊右衛門説

妙行寺は田宮家の菩提寺である。なぜ四谷の田宮家の菩提寺が西巣鴨にあるのかといえば、一九〇九(明治四十二)年に四谷のほうから移転したからだ。一八八九(明治二十二)年に告示された東京市区

改正計画案に従ってのことだった。この辺りは明治時代に入ってから形成された寺町で、境内の周囲に、天台宗、曹洞宗、浄土宗などさまざまな宗派の寺院がある。

講談や落語の『四谷怪談』には「鮫河橋《さめがはし》の法華宗の妙行寺」が登場する。鮫河橋は現在の新宿区若葉地区に相当する。一九四三（昭和十八）年の都制施行で四谷区若葉に、一九四七（昭和二十二）年の区再編で新宿区若葉に地名があらためられて、今に至る。左門町からは町域全体が徒歩圏内に入る。組屋敷の下級御家人たちには馴染みのある寺だったのだろうか。と言うのも、かつての鮫河橋は半ば寺町、半ば貧民窟だったそうなのだ。夜鷹《よたか》も多かったとのこと。歌舞伎や講談などでお岩さまが夜鷹や地獄宿の女になるという発想の源は、ひょっとするとこんなところに……と想像してしまった。

現在の若葉地区は、都内でも治安の良さに定評があり、鮫ヶ橋せきとめ稲荷や鮫ヶ橋坂など二、三の場所にかつての地名が見つけられるものの、落ち着いた住宅街に生まれ変わっている。

ご住職の松村観宗《まつむらかんしゅう》氏によれば、檀家《だんか》制度が確立するより前から、田宮家は妙行寺の檀家であったとのこと。妙行寺は一六二四（寛永一）年四月に建立された。お岩さまの没年を鑑《かんが》みても、諏訪左門《すわさもん》が組頭に就く一六六三（寛文三）年よりだいぶ前から田宮家は四谷にあったことになる。

——つまり、御先手組同心《おさきてぐみどうしん》の組屋敷《くみやしき》ができる前から田宮家は四谷にあり、妙行寺の檀家になっていたのである。お岩さまに関する諸説が引っくり返ってしまいそうだが、徳川家康の入城の頃に駿河から江戸に来たという、田宮家の伝承には沿う。

妙行寺が記録するお岩さまに関するもう一つの日付けは、妙行寺四代目住職・日遵上人《にっそんしょうにん》が追善供養を行い、戒名を格上げした一七一九（享保四）年二月二十二日だ。このときお岩さまの戒名は得證妙念信女から得證院妙念日正大姉にあらたまった。松村氏によれば、これは「田宮家にわざわいが絶えなかったので復興を願ってのこと」だったそうだが、享保元年からしばらく続いた熱病の大流行や『四ッ谷雑談集』を想い起こせば、田宮家の災禍とは、病で身内の者たちが大勢亡くなったことなのではなかろうか……？　憶測と言ってしまえばそれまでだが、時期は合っている。

ともあれ、このときの日遵上人の読経回向《えこう》には大勢の人々が参列した。これによって田宮家の因縁は一切取り除かれ、家が再興したというのが妙行寺の由緒である。

取材に訪れた二〇二三年一月、妙行寺は隠寮《いんりょう》の改修工事中だった。

先頃、本堂が鮫河橋からの移築前に建造されていた事実が明らかになったばかりだ。

「先代の住職も知らなかったようなのですが、工事の手続きをするにあたって調べましたら、行政のほうに移転前の写真が残っていて、江戸時代に建てたものを移築したことがわかりました。この大きさの木造建築は、今は都条例で規制されているので新築できません」

関東大震災や空襲を生き延びた貴重な建物だ。もしかすると、お岩さまの葬儀の際には伊右衛門も足を踏み入れたかもしれない。

妙行寺の由緒では、伊右衛門は「三十五人扶持《ぶち》の田宮家」に婿《むこ》入りしたにもかかわらず、「隣家の組頭・伊藤氏の娘」とねんごろになり、お岩さまを虐待したとされている。檀家である田宮家の言い伝えと違い、『四ッ谷雑談集』や講談版などに筋が似ている。ただし、お岩さまは失踪せず、三十六歳で亡くなってこの寺に葬られたことになっている。妻の死後、伊右衛門は「自業《じごう》に悩まされた」としている。自業とは、自らの行為による報い、自ら作った罪、犯した悪業といった意味だ。田宮家の身内に責められたか、世間から後ろ指さされたか。病気か怪我をして祟《たた》りを疑ったのか。彼は、お岩さまの死の二年後に三十七歳で死没したと言われている。子どもがいたかは寺でもわからないとのこと。もっとも、養子縁組でも家名は守れる。不思議なのは、ここに伊右衛門の墓が無いことだ。

「こちらには田宮伊右衛門さんのお墓も、お弔《とむら》いをした記録も残っていません。本来でしたら、ご夫婦ご一緒にお墓に入るものなのに……。ただ、その時代は檀家制度ができる前でしたから、旦那さんはあちらのお寺、奥さんはこちらのお寺に葬るということがありえたと思うのです」

檀家制度を幕府が制度化した一六七一（寛文十一）年から、寺社奉行所による宗門人別《しゅうもんにんべつ》改《あらため》が始まった。それまでは定期的な調査も行われず、義務付けが徹底されていなかった。このとき以降、一家一寺の檀家制度が固まったが、制度化以前は家族の中で菩提寺を異にするケース（半檀家）も多かった。伊右衛門は婿養子だ。生家の菩提寺で弔われた可能性がある。

現在の田宮家の方々のお墓もこの妙行寺にあるという。

「元々うちの檀家さんで、後から神社を営まれたという形ですね。四谷界隈ではお岩さんと伊右衛門は夫婦円満だったと伝えられています。我々としては、南北の四谷怪談が史実と混同されて、この寺の由緒になったのではないかと思っています」と松村氏は言う。

現実と地続きなのに、お岩さまが絡むとフィクションと入り混じってしまう。

妙行寺には、移築前から保管してきたお岩さま関連のものがいくつかある。於岩様御尊像《ごそんぞう》と、墓の下に眠る遺品の櫛《くし》と鏡だ。

「お岩さんの木像は、祥月命日に開帳しています。霊験あらたかなものなので位牌堂に安置して、日頃は公開しておりません。優しいお顔の女性神ですよ」

ここでもお岩さまは神格化されていた。

「於岩尊霊《おいわそんれい》として祀っています。仏教の守護神という形です。神道の神さまではありませんから、こちらのお墓にも鳥居がありますが、お稲荷さんの鳥居ではなく、神仏習合の名残です。明治の神仏分離で鳥居が取り除かれなかった理由は、祟りの噂がありましたから、行政があえて見逃したのかもしれません。鶴屋南北《つるやなんぼく》が四谷怪談を執筆する前から、百八十年ぐらいに亘ってお岩信仰が江戸市中にあったと言われています。お岩さまを信仰すると、家が栄えると信じられてきたそうです」

少し疑問が生じた。日遵上人が追善供養を執り行った後に、田宮家はそれほど盛んになったのだろうか？　松村氏も、そこまではわからないという。

「しかし、やはり信仰されたということは、それなりに豊かになったのでは……。禄高《ろくだか》が決まっていますから、富むことが難しい時代だったでしょう」

どれほど困難だったか。おそらく奇跡に近かった。もしも私が左門町の組屋敷に暮らす貧乏同心の妻なら、お岩さまにあやかりたいと思ったかもしれない。

「お岩さまへの信仰は、今でも続いていると思います。祥月命日にお墓をお詣《まい》りされる方が例年二、三十人もいらっしゃいます」と松村氏は言うが、信仰のベクトルには変化があったようだ。

「女性神でもあり、良縁を結び悪縁を断つと言われていますから、お岩さまの霊験を信じている方は、八対二ぐらいの割合で圧倒的に女性が多いですね」

生前のお岩さまについては「非常に貞淑で、家庭を重んじられる方だったのではないかと思います」というのが松村氏のご意見だ。

「貞節を守り、奉公をして家に貢献したその姿を江戸市中の人々が見ていました。だから、お岩さまを信仰しよう、ご利益にあやかろうとしたのでしょう。お岩さまが人として魅力のない方であれば、そうはならなかったのではないかと思います。像を見る限りでは、お顔も美しい。もちろん、木像としてお姿を残すにあたり美化することはあったのでしょうが」

お岩さまの遺骨は最初から無かったわけではなく、明治四十二年に改葬する際に墓を開けてみたところ、土に還《かえ》ってしまっていたのだという。それが本当なら彼女は、やや早死にではあったが失踪していない。伊右衛門は当時の檀家制度の不徹底によって生家《せいか》の墓に入った可能性があり、となると鴛鴦夫婦だったとしてもおかしくない。

私は「伊右衛門はどんな人だったとお思いですか？」と松村氏に訊ねてみた。妙行寺のパンフレットには、浮気した上にお岩さまを虐《しいた》げていたと書かれているが——。

「この通りだったとしたら、伊右衛門はだらしない男で、お岩さんに苦労をかけたでしょうね。でも、お岩さんの祟りがあると言われるようになったのは後々のことですよ。『東海道四谷怪談』が創られるまでのお岩さま信仰というのは、貞淑な女性のご利益《りやく》にあやかりたいというものだったでしょう。鶴屋南北は、江戸市中で有名なお岩さまの名前を拝借したのだろうと思います」

『東海道四谷怪談』について、松村氏は妙行寺の住職ならではの推理をされていた。

「四谷怪談は忠臣蔵とカップリング営業されましたよね。うちでは、浅野内匠頭《たくみのかみ》の奥方のお墓の裏手に、お岩さまのお墓がありますから。忠臣蔵と四谷怪談が背中合わせになっているので、そういう因縁があったのかな、と……」

因縁なのか、四世鶴屋南北の作為なのか。後世の誰かが、あえて芝居へ現実（墓）を寄せたとも考えられなくはない。妙行寺では、浅野内匠頭の正室・瑶泉院《ようぜいいん》の供養塔、祖母・高光院《こうこういん》と内匠頭の弟・浅野大学《だいがく》の正室・蓮光院《れんこういん》の墓所が、お岩さまの墓所に隣接して建てられている。たしかに背中合わせだ。

「四谷怪談」にかかわる歌舞伎役者や講談師は、必ずお岩さまのお墓を訪ねて手を合わせるという。妙行寺と芸能との結びつきは伝統的なものだ。昔から七月盆の施餓鬼法要の折には、住職の法話の前座を講談師が務めている。

「お岩さまの命日に合わせて、七月二十二日にお盆の塔婆供養法要を行います。基本的には檀家さんの塔婆供養ですが、一般の方も参加できます。神田一門の方にお岩さまの演目を読んでいただいています。私が学生の頃からやっていました。私は妙行寺で小僧をさせていただいたのですよ」

松村氏は寺に生まれ、大学進学と同時に上京して修行を積み、住職となって再びここ妙行寺へ帰ってきた。修行中は大変なご苦労だったのでは？　と訊ねると、

「今もまだ修行中です。この道は人間道ですから、生きている間はずっと修行です」

とのお応《こた》えだった。人間道。正しい道を選んで修行することができる者は幸いだ——と、妙行寺の由緒に語られた迷い多い人、田宮伊右衛門を脳裏に浮かべてふと考えた。

四谷からの帰り道

外気は、かすかに冷たい土の匂いがした。ここ生涯学習館の隣は戸山《とやま》公園だ。昇降口から右手に視線を転じると木立の影が夜空を衝《つ》き上げていた。

「そこの公園、そんなに怖いところだったんですね」

英子《えいこ》さんが横から話しかけてきた。何も声を低《ひく》めることはないと思うのに、怪談会の余韻を壊したくないのか囁《ささや》き声になっている。僕もつられて小声で返した。

「我々の間では有名ですよ。一九八九年だったかな？　たしかその頃に百体以上の人骨が発掘されて、それまで起きていた心霊現象の裏づけができてしまったのでね」

「そうですってね。陸軍戸山学校の跡地に造られた公園だということは知っていましたけれど、あの七三一部隊の研究室もあったというのは初耳でした。人体実験をしていたような形跡が見つかったというじゃありませんか。休憩時間に他の参加者さんから教えていただきました。皆さん物識《し》りで、今日は思いがけず勉強になりました」

「そうですか。愉《たの》しんでいただけたなら幸いなのですが……。あちらへは、いつお帰りに？　しばらく日本に滞在されるんでしょう？　久しぶりだと伺っています」

「ええ。十年近く帰っていませんでした。来週の水曜には戻ります」

そのとき背後の昇降口のほうで物音がした。二人同時に振り返ると「ごめん。待たせた」と秀夫《ひでお》くんが僕たちに言った。英子さんは彼の古い友人で、僕とは今日が初対面だった。

「英子さん、もうすぐオーストラリアに帰るんだってね」と僕は秀夫くんに話しかけた。

「そうなんだよ、匡《まさし》くん」と彼は僕に応《こた》えて、「そこで提案なんだけど、四谷四丁目の交差点に行かない？　英子さん、例の現場を見たいんだって」と言った。

僕が主催する怪談会は、たいがい、戸山公園に隣接した生涯学習館の貸会議室で行っている。賃料の安さと集まりやすさが主な理由だが、怖いもの見たさで集まる面々がついでに物見遊山《ものみゆさん》するにも絶好の場所で、その点も好評だから浮気する気が起きないのだ。

立地上、戸山公園を案内する場合が当然多い。しかし昭和のアイドルが飛び降り自殺を遂げた「例の現場」に行ったこともあるし、また、僕自身は訪ねたことがないけれど、来る前に「四谷怪談」にちなんだ神社や寺に立ち寄ってきたと語る参加者もこれまでに何人かいた。

秀夫くんが「匡くん、道案内できるだろう？」と私に訊《たず》ねた。

「うん、もちろん」と僕は答えてスマホで時刻を確認した。午後八時四十分。

八時に終わる予定が十五分も後にずれ込んで、ゲスト出演者への挨拶や片づけに手間取った。この後は、二人を誘って居酒屋か何かで一杯やるつもりだったのだが。

「一度、行ってみたかったんです」と英子さんが言い、背を押された形になった。

三人で話し合って、歩いていくことにした。二十四、五分はかかる見込みだけれど、英子さんはむしろ歩きたがった。ならば僕たち男性陣がつべこべ言うものではない。

全員四十歳前後の同年輩で、普段は働いている。その日——二〇一六年一月九日——が土曜日で怪談会の後でなければ、夜の新宿を散歩したいとは誰も思わなかったはずだ。常識を忘れさせてくれるのも怪談の効用の一つだと僕は思っている。

ひたすら南へと、平坦な道をだらだらと歩いた。途中に抜弁天《ぬけべんてん》の交差点があり、英子さんが地名の由来を知りたがったので、僕が説明した。

「八幡《はちまん》太郎こと源《みなもとの》義家《よしいえ》が創建した神社があるんですよ。厳島《いつくしま》神社というのが正式な名前らしいんですが、境内を南北に通り抜けられるから抜弁天と呼ばれてきたそうです」

戸山公園のそばの穴八幡宮《あなはちまんぐう》も八幡太郎が建てた神社で、あちらのほうが規模が大きく、毎年、流鏑馬《やぶさめ》を行うことで知られている。英子さんを連れていくなら、ああいう場所のほうが良かったのではないかとふと思った。彼女は海外に拠点を移して久しいのだ。アイドルの自殺現場を見物しても、日本の土産《みやげ》話にはならなかろう。

しかしすでに道程の半ば近くまで来ており、後悔するには遅かった。間もなく富久町《とみひさちょう》西交差点に差し掛かった。ここから四谷四丁目交差点までは外苑西《がいえんにし》通りを直進するだけだ。

「ここは東京オリンピックのために造られた道路なんですよ」と、もはやすっかり観光ガイド気分に浸っていた僕が言うと、英子さんが「また東京五輪をやるんですよね」と言った。

「そのときも日本にいらっしゃればいい」と私は応《こた》えた。

すると秀夫くんが「気をつけて。匡くんはまだ独身だから」と言った。その言い方から、二人は交際しているわけではないらしいと僕は感じた。

英子さんからは、ＳＮＳで会の参加者を募集した際にメッセージを貰《もら》い、そこで秀夫くんの旧友だと自己紹介されており、今日も連れ立って会場に現れた。しかし考えてみれば秀夫くんは誰に対しても非常に愛想が良い人で、英子さんは海外で暮らしているのだし、旧友と言ってもさほど親しいわけではないのかもしれない……。

やがて四谷四丁目の交差点が見えてきた。歩道を道なりに歩いて問題の現場に到着すると僕は「ここです」と英子さんに告げた。「ちょうど、その辺りですよ」とそこにある花壇を指差して、事件当時に何度か目にした現場写真を脳裏に蘇らせた。

秀夫くんも僕と同じことを考えていたようで、「あの頃は報道規制が緩くて、脳漿《のうしょう》が飛び散っている画像が出回っていたっけ……。今にして思えば悪趣味だったな」と言った。

現場を見物に来ておきながら悪趣味もないものだと呆れながら、我々を不快に感じていなければよいがと思い、英子さんの顔色を窺《うかが》ったところ、沈痛な面持ちで遺体があったと思しき辺りを見つめているだけだった。

一九八六年四月八日に、この場所で飛び降り自殺をした十八歳のアイドルについては数々の伝説がある。ファンの後追い自殺が相次いで社会問題になったこと。真偽のほどは定かではないが、事件の翌月に放送されたテレビの歌番組に死んだはずの彼女が映り込み、テレビ局に問い合わせの電話が殺到して週刊誌に載るほどの騒ぎになったこと。

映り込んだときに、ライバルと目されていた女性歌手が歌っていた曲の歌詞も話題になった。死亡した時刻が昼の十二時十五分頃だったから「１２５ページで終わった二人」という詞が意味深に感じられ、さらに「アスファルトのＢｅｄにため息こぼれる」という詞はあからさまに死の状況を示唆《しさ》していると言われていたが、考えすぎというものであろう。

「この花壇、棺《ひつぎ》の形をしているんですね」と英子さんがポツリと言った。花壇といっても一月の今は葉ばかりのツツジの他は彩りもなく、寂しい眺めだ。

「初めて気づきました。命日にファンが集まるそうだから、目印のつもりなのかな……」

「あまり高いビルではないんですね。七階建てかしら。今は彼女が所属していたプロダクションは別の場所に移転しているんですよね。原因は失恋ですってね？」

「ええ。遺書に『Mさんにふられた』と書いていたことから、雑誌や何かに失恋自殺と書き立てられていましたが、Mという俳優のほうでは妹のように思っていたそうで、実際、男女の交際をしていたわけではなかったというのも、切ない話ですよね」

英子さんは「そう……」と少し遠い目になり、「一途な女性だったんですね」と呟いた。

特に何かが起きるわけでもなく、五分もすると体が冷えてきた。

そのとき「これから四谷怪談の場所を見に行くのは、どう？」と秀夫くんが僕と英子さんに問いかけた。英子さんも行きたがったので、さっそく向かうことにした。

スマホの地図アプリで道順を調べたところ、徒歩で十二、三分の距離にあることがわかった。正しくは於岩稲荷《おいわいなり》田宮神社《たみやじんじゃ》と長照山陽運寺《ちょうしょうざんよううんじ》というのだ。

この時点で午後九時を十五分ほど回っていた。お喋りしながらゆっくり歩いていたので、思っていたより移動に時間が掛かっていたようだ。

「ちょっと急ぎ気味に行って、見学し終えたら帰る前に軽く一杯やりましょうよ」

僕がこう言うと二人とも賛成してくれて、そこからは先ほどより早足で歩きはじめた。

——ところが、どうしても件《くだん》の神社と寺のある路地の入口が見つけられない。

新宿通り沿いにあるコンビニの横の細道を入って、突き当たりを右へ曲がればいいだけのはずが、肝心のコンビニがなかった。移転したのかもしれないと思い、適当な脇道を選んで進んでいっても住宅地の奥へ入っていくばかりで辿り着けない。

地図アプリには移動中の居場所も表示される。しかし三人の居場所表示は、目的地に近づくたびに脇道へ逸《そ》れていった。実際には道を曲がってもいないのに、だ。

「変な磁場があるんじゃない？」と秀夫くんがこの状況を茶化したが、奇妙な事態に陥ってしまったことは確かだった。

英子さんは「私は大丈夫です」と言った。「もう少し粘ってみましょう」

「夕食を休憩時間に済ませておいてよかったよ」と秀夫くんはボヤいた。

「こういうときは煙草を吸うといいらしい」と僕は言ってみたが、あいにく三人とも煙草を吸わなかった。いったん新宿通りまで戻り、さらに四谷三丁目駅の方角へ少し道を引き返してからあらためて向かってみたら、不思議なことにさっきまで無かった目印のコンビニが現れた。

そこからは滞りなく目的地に到着できた。

ただし、すでに十時近くになっており、神社と寺はどちらも門を閉ざしていた。神社は午後六時、寺のほうは午後五時に閉門する旨の掲示がしてあり、三人で顔を見合わせたが。

「あら？　あれも四谷怪談に所縁《ゆかり》のお寺かしら？」と英子さんが路地の一角を指差した。

たしかに、神社と寺に挟まれた路地の、寺の並びに山門のような物のシルエットが見えた。

行ってみると立派な冠木門《かぶきもん》が扉を開いていて、中に小ぢんまりとした境内が広がっていた。鳥居とお堂があり、お堂の奥に灯りが見える。

境内に足を踏み入れると、由来書きの看板も見つけられなかったが、三人でお堂に向かって二礼二拍手一礼した。

境内は湿気を帯びて底冷えがしていた。お堂の前はことに寒く、門の外に出たときには少しホッとしたほどだ。どういうわけか、冠木門の内と外とで空気の温度が違っていた。

四谷三丁目駅近くに終夜営業のファミレスがあった。そこに入って軽く呑みながら、今日の怪談会や見物してきたばかりの神社や寺の感想などを語り合った。

「あんなに道に迷った挙句、全然お詣りできなかったらショックでしたよ。ツイてました」

ツイていた？　本当にそうかな、と、僕は境内の気温が異様に低かったことを思い出して、鳥肌を立てながら考えた。

――英子さんは、道に迷ったということにしたいのだな、と。

あれは迷子なんてものではないと思うのに。

僕は秀夫くんの顔色を探ったが、彼は「地図アプリのナビ機能も、まだまだ改善の余地があるよな」と言って問題にする気配もなかった。だから僕も気にしないことにした。

ファミレスに十一時頃までいて、四谷三丁目駅の入口で解散した。

英子さんは、ここからタクシーで京橋の××ホテルに帰ると言っていた。

「先払いのリーズナブルな宿だけど快適です。あらためて日本って良い国だと思いました」

「じゃあ、気をつけて。英子さんのアカウント、フォローさせてもらいましたよ」

「匡さんのアカウントもフォローバックしておきますね。秀夫くんも、今回はどうもありがとう。怪談会のことを知ったのは秀夫くんがＳＮＳに投稿していたからよ」

僕と秀夫くんは四谷三丁目駅の改札で別れた。

「匡くんはこっち方面へ、僕はあっち方面に行くのに乗るから、ここでお別れだね」

「うん。お疲れさま。……寒い中を長時間連れまわしちゃって、英子さんに申し訳なかったなぁ。非常識だったよね。飛び降り現場と四谷怪談の名所を訪ね歩くなんて、僕らみたいなマニアしかやらないことだよ。実は怒っていたりしないかな？」

「彼女は学生の頃からハッキリ物を言う性質《たち》だ。ちゃんとお詣《まい》りできて喜んでたじゃないか。でも、僕はともかく、匡くんが事前に閉門時間のことに気づかなかったのは珍しいよ」

それもそうだと思った。昔から僕は神社仏閣を訪ね歩くのが好きだ。そのことを知っているからこその指摘だった。

「なんでだろう？　お寺や神社は五時頃に閉まる所が多いのに、今夜はなぜか思いつきもしなかったよ。……祟《たた》りかなぁ？」

最後の一言は冗談だった。秀夫くんもニヤニヤして「呪われたかも！」と返してきた。

――明くる日は、悪夢にうなされて未明に目が覚めた。

起きた途端に夢の内容は雲散霧消《うんさんむしょう》して何も思い出せなかったが、胸の底が重く澱《よど》んで悪寒《おかん》がした。もうひと眠りしようしたが、頭が冴えてしまって眠れそうになく、ベッドから下りると足が重くてたまらない。

二日酔いだろうと思って、買い置きのミネラルウォーターを常温のまま飲んで再びベッドに横になってみたものの、眠れず、具合が悪いままだった。

祟りだの呪いだの、本当だったら洒落《しゃれ》にも趣味にもならない。好きで怪談会を主宰していられるのは、自分にはそういうことが起こらないと心の隅で常に信じているからだ。

寒い中を一時間以上も歩いたから風邪を引いたに違いない。今日が日曜で仕事が休みなのは幸いだった。正午近くに体温計で熱を測ったら三十九度もあった。

救急外来に掛かるほどではなかろうと判断して、買い置きの風邪薬を服用し、エアコンの設定温度を上げると、ベッドに戻った。

夜までにトイレに二度ばかり立っただけで、手負いの獣のように体を丸めて寝ていたが、悪寒はひどくなるばかりだった。夜になり、何か食べなくてはいけないと思い立ち、ヤカンで湯を沸かしてカップ入りのインスタント蕎麦《そば》を作った。

温かい日本蕎麦なら食べられそうな気がしたのだ。しかし、ひと口、麺を啜《すす》り込むと口腔内に激痛を感じた。慌てて吐き出してしまい、テーブルに落ちた麺を見て慄《おのの》いた。

鮮血が混ざっていたのだ。

麺にガラスか金属の欠片《かけら》が混入していたのかと一瞬思ったが、箸の先で落ちた麺を掻《か》き分けてもそんなものは見つからず、口の中も切り傷があるような感じではなかった。

洗面所に行って鏡の前で口を開けて点検すると、頬の内側の粘膜が爛《ただ》れて、一部が剝《は》がれて血を滲《にじ》ませていた。上顎《あご》も同じ状態になっているような気がした。洗口剤でうがいをすると飛び上がるほど染《し》みる。

水に溶いて飲むスポーツ飲料の粉末があることを思い出して、作って飲んでみたが、それも染みる。冷蔵庫に入れてあるゼリードリンクも痛くて口に含めなかった。

翌日は仕事を休んで、近所のかかりつけ医に診《み》てもらった。抗生物質と解熱剤が処方されただけだったが、それを飲んで横になっていると、いくらか熱が下がった。

すると頭の霧が少し晴れて、英子さんと秀夫くんも体調を崩しているのではないかと心配になってきた。まずは秀夫くんにスマホのアプリで連絡したところ、即座に返信があった。

「僕は何ともない。お大事にしてね。仕事中だから、また後で」

次に英子さんに、これまで連絡を取り合ってきたSNSのアカウントを通じて連絡しようとした。ところが、SNSのメッセージボックスに彼女のアイコンが見当たらなかった。

やはり土曜の夜のことで腹を立てていて、ブロックされてしまったのかと思いつつ、いったんログアウトしてハンドルネームで検索してみたら、彼女のアカウントが削除されていた。

しかし秀夫くんは彼女の連絡先を知っているに違いない。謝っていると伝えてほしいと秀夫くんにメッセージを送り、暖かくしてベッドで眠った。

起きると深夜零時を過ぎていて、秀夫くんから返信が届いていた。

「英子さんに電話したら『現在使われておりません』って。ＳＮＳは全部削除しているし、Ｅメールも返ってきちゃった。京橋の××ホテルにも戻ってなかった。家族だと嘘を言ってフロントに内線を繋いでもらおうとしたら、土曜の朝にチェックアウトしたって言うんだ。心配だ。英子さんには身寄りがないんだよ。ご両親が亡くなっていて」

　僕も不安だったが打つ手がなかった。秀夫くんに「オーストラリアの住所に手紙を送るしかないね」と返信して、あの日の英子さんの行動に不審な点がなかったか、思い返そうと試みた。

　完全に熱が下がったわけでもなく、どうにも考えがまとまらなかった。アイドルが自殺した場所に行きたがったことが怪しいと言えなくもない、ぐらいのことしか思いつかない。

　英子さんも失恋したんだろうか？　そもそも、なぜ久しぶりに帰国したのだろう？


　さすがに丸一週間休むのは気が引けて、金曜日に出勤した。

　職場のそばの大学病院に予約を入れて、退勤後に診てもらった。大学病院では、今までとは違う薬に替えられて、「これが効かなかったら入院して検査しましょう」と言い渡された。

　この時期になると、発熱よりも固形物が食べられないのが辛かった。

　粘膜に染みなくて栄養価の高い物を探して、いろいろ試してみたところ、バニラアイスを溶かして飲んでみたら平気だったので、アイスクリーム溶液と水とビタミン剤だけで快復するまでしのいだ。結局、発症から完治まで三週間を要してしまい、元々痩《や》せ形だったにもかかわらず、その間に体重が七キロも減った。

秀夫くんには何事もなかった。前々から霊感ならぬ零感を自慢にしているような男だから意外ではない。強い守護霊が憑《つ》いているんじゃないか……。
二、三ヵ月後に会ったとき、英子さんのオーストラリアの家に宛てて出した葉書が転居先不明（MOVED）の判子を捺《お》されて戻ってきたと話していた。
英子さんは、四谷三丁目駅のところで僕らと別れたきり消えてしまったのだ。

あれから何年か経つが、未だに彼女の行方はわからない。


——こんな話を匡さんから傾聴《けいちょう》した後に、私は田宮神社と陽運寺について調べ、さらに、かつて四谷左門町と呼ばれていたあの周辺を隈なく取材した。

その結果、彼らが訪ねた場所は存在しないことが確認できた。

陽運寺の境内社は山門の中にあり、同じ道沿いに門を別に設けて建てられてなどいない。

その辺りは民家ばかりで、斜め向かいの田宮神社も同様に、両隣は道の突き当たりまで住宅で埋められているのだ。冠木門を備えた家も見当たらない。二〇一六年の一月九日に限って夜間にこれらの寺社が山門を開けていたという事実がないことも確かめた。

——英子さんは、幻のお堂を参詣した帰り道に消息を絶ったのだ。

失踪した『四ッ谷雑談《ぞうだん》集』のお岩さまの姿が重なり、非常に恐ろしく思われた。

一九八六年に自殺したあのアイドルについてもついでに調べてみて、当時彼女が住んでいたマンションが南青山にあったことを、今回初めて知った。

私も、十数年前から南青山に住んでいるのだ。

それだけならどうということはないが、飛び降り自殺があったビルから百メートルと離れていない場所に、かつて私が所属していた芸能事務所があった。

二十年前に辞めた事務所で、これまで回想することもなく過ごしてきた。

だが、取材しているうちに、ある記憶が自《おの》ずと蘇った。

当時、「四谷四丁目交差点に幽霊が出る」と事務所のスタッフたちが言っていたのだ。

時折、ふと気づくと人の形をした黒い影が佇《たたず》んでいることがあるそうだ。なぜか誰もあのアイドルの名前を挙げて話していなかった。その頃ですでに十数年前の出来事であり、事件よりずっと後に開設された事務所だったから、誰も気づかなかったのか。それとも、輪郭も曖昧な黒い影法師であっても、場所が場所だけに、口に出すのも恐ろしかったのだろうか。

そんな話を思い出したので、「この花壇、棺の形をしているんですね」と英子さんが言ったとき、その黒い影が彼女の中に入り込んで異界へ導いたのかもしれない、と想像してしまった。

……などと書いているうちに、私まで悪寒を覚えはじめた。

終章　「四谷怪談」これから

あとがきに代えて

〽竹垣の草にやつれし軒《のき》の端《つま》、のきものかれぬ仲々《なかなか》を、朝顔からむ花鬘《はなかずら》。

露《つゆ》に湿りて日影に照って、磨いて見たる瑠璃《るり》の艶《つや》。

あしたゆうべに面瘦《おもや》せし、秋の柳の落髪《おちがみ》の、乱れてなびく初尾花《はつおばな》。

花が花なら、ものは思わじ。


歌舞伎舞台『東海道四谷怪談』を初めて観たのは二十三歳のときだった。劇中のお岩さまは数えで二十一、二歳。思えば当時の私と同じ年頃だったわけである。

だが、稀代《きだい》の怨霊にして悲劇のヒロインを我が身に引き寄せて鑑《かんが》みるには、私は幼すぎた。毒薬で変貌したお岩さまが髪を櫛《くし》けずる段になっても、黒御簾《みす》の後ろから流れはじめた「瑠璃の艶」の歌詞の意味を汲《く》み取るほどの知恵もなかった。

先日あらためて聴いて——思い悩むのは人だからこそ。いっそ花ならどれほど楽だったことか——とお岩さまの心情を暗に語る詞章《ししょう》の深さに、目を開かれる心地がした。お岩さまが櫛けずった髪を払いのけて無惨に崩れた顔をあらわにする場面に合わせて唄い上げられる最後の句「花が花なら……」は花のかんばせと掛けられている。芍薬《しゃくやく》だの百合《ゆり》だのと勝手に花にたとえられる女ならではの悲哀と怨《うら》みが、この一言に凝縮されているではないか。

「瑠璃の艶」は、一八九六（明治二十九）年七月に『東海道四谷怪談』を歌舞伎座で上演するにあたり、台本の補綴《ほてつ》を担当した竹柴金作《たけしばきんさく》が歌詞を書きおろし、それ以来、髪梳《す》きの場では必ず演奏される。そのとき主演した五代目尾上菊五郎が、於岩稲荷田宮神社《おいわいなりたみやじんじゃ》の田宮家の娘・九代目田宮房子の踊り友だちで、何度か舞台で共演したというのも多少因縁めいている。田宮房子は日舞や長唄の才に加え、江戸錦絵に描かれるほど非凡な美貌の持ち主で、鹿鳴館にも招待されて社交界のそれこそ「花（華）」として輝いていたが、三十四歳で儚《はかな》くも亡くなってしまったという。

お岩さまも三十代で他界したと思われる。

——五十五歳の今、私は、生前に親交があった若くして彼《か》の世へ旅立った亡き女たちの面影をお岩さまに重ねている。

そのうち一人は、十数年前、映画でお岩さまを演じた後に急逝した林由美香《はやしゆみか》さんだ。映画公開の三日後で、しかも彼女の三十五歳の誕生日という意味深長な日に突然亡くなったために、お岩さま詣《もう》でを怠《おこた》ったから祟《たた》られたなどと噂されたものだ。

彼女の通夜告別式には六百人も参列し、何度か共演した縁で私も臨席していた。

しかし私が彼女について想い出すのは、祟りの噂でも立派なお葬式でもなく、その死の四年ほど前、とあるロケ中に差し入れの冷凍蜜柑《みかん》を分けてくれたときのことである。

「川奈さんも、どうぞ」と言って一つ差し出した所作《しょさ》の優しさ。私の掌《てのひら》に橙《だいだい》色の実をポトンと落とし込む刹那《せつな》に触れた白い指先が、哀しいほど細かった。そんな記憶ばかりが蘇る。

蜜柑を貰《もら》ったとき、由美香さんと私を分ける被膜《ひまく》は限りなく薄かったはず。

あれから二十年以上も此の世にしがみついて、私は、生きることの切なさについて考えつづけている。私とかかわり合いがあって早死にした女は、親戚まで含めると九人に上る。十七歳から四十四歳まで。このうち二人は無惨に殺害された。自死はさらに多い。

お岩さまについて想うにあたり、担当編集者のFさんから渋谷区円山町《まるやまちょう》の道玄坂《どうげんざか》地蔵尊を取りあげてみてはどうかと勧められた。お岩さまが、虐げられ困窮する武家の女たちの心のより所であったなら、道玄坂地蔵尊は、現代の男性社会で働く女性たちの密かなより所なのではないか、と。

また、怪談師のいたこ28号氏が、配信番組で共演した際に、実地踏査を含む取材調査の成果を報告されていた。道玄坂地蔵尊には、かつてヤスコ地蔵という通称が付けられ、これを信仰するヤスラーと呼ばれる女たちが集っていたというのである。

一九九七年、この道玄坂地蔵の前で客引きをしていた「ヤスコ」という女が殺された。だから地蔵にそんなあだ名が付けられた。一般的には、彼女が死に至る経緯は「東電ＯＬ事件」と題されて世間に流《る》布《ふ》された。彼女の事件には、人々の注意を引く特色が三点あった。

一つには、彼女がいわゆるキャリア女性で、一流大学を卒業して大手有名企業の管理職に就いていたこと。二つ目には、エリートであるにもかかわらず毎日のように売春を行っていたこと。三つ目は、事件の真犯人が未だに逮捕されていないことだ。

彼女は一九五九年生まれで、被害当時三十九歳だった。私のちょうど十歳上だ。

事件と前後する時期に、私はフリーライターとしてよく渋谷を訪れていた。

九十年代半ばから二〇〇〇年代の初め頃に掛けて、未成年者による援助交際という名の売春が世間を騒がせていた。性風俗業がおおっぴらになり、フードルと呼ばれるアイドルが現れた時代だ。そして、援助交際する少女らが盛んに集まる場所が渋谷だった。

渋谷で集められた少女たちが赤坂のウィークリーマンションで軟禁されていた二〇〇三年のプチエンジェル事件が、そんな風潮にピリオドを打った。二〇〇〇年の初め頃、私はそのウィークリーマンションに滞在していた。

赤坂も現在住まいのある南青山も渋谷のごく近くだ。

私にとって非常に身近な、土地勘のある場所を夜毎《よごと》に彼女はさすらい、変わり果てた姿で発見されたのである。時期も重なり、私と擦《す》れ違っていても何ら不思議はない。

ヤスコ地蔵に集うようになったのは、最初期は円山町に足繁く出入りする女たちだったようだ。円山町はラブホテル街として知られている。黒塀が建ち並ぶ花街《かがい》だった昔の名残で、料亭や呑み屋も多い。ホテルや料亭を利用する機会が多い女たちが地蔵尊に手を合わせていたのだ。初めの頃は、生前の姿を記憶している女たちが、素朴な気持ちで彼女の死を悼んでいただけかもしれない。

しかし、事件の詳細が報じられるにつれて、彼女の苦悩を推察し、同情と共感を寄せる女が次第に増えていったことが予想される。

決して満たされないと予感しながら、切実に求められたいと願ってしまうこと。抑圧が取り払われた瞬間の開放感を忘れられないこと。己の弱さを赦《ゆる》す甘やかな優しさが必要で、たとえそれが猛毒であっても、得られなければ朝までに死ぬしかないという気持ち。

――そういう、間違いなく愚かしく、大多数の者はかろうじて踏み止《とど》まるであろう、だが人間であれば多少なりとも理解できる感情には、胸に手を当ててみれば、誰しも覚えがあるだろう。均衡を保てる好運な強者ばかりの世の中ではない。

地蔵を訪れる女たちが次に取った行動は、憎いと思う男の名刺や煙草の吸殻を地蔵の前に置き、地蔵の口に自分が使っている口紅を塗《ぬ》ることだった。

その儀式をもって、怨む相手の不幸や縁切りを祈願するのである。

こうして原初的な宗教が生まれて――今後どうなっていくのかはわからない。

事件の記憶が風化すると共に廃《すた》れるのか、伝説を残しながら縁切りの神に格上げされるのか。

私が道玄坂地蔵尊を訪ねた日は小雨が降っており、すでに黄昏《たそがれ》で濡れたアスファルトが街灯の光を反射していた。人通りは多かったが、料亭の塀に接して建つ地蔵尊に足を止める者は誰もなく、寂しい景色の中で、地蔵の唇の紅色だけが際立っていた。

台座に煙草の吸いさしがポツンと一つ置かれて、誰かの無念を物語っているように感じたものだ。

民俗学者・宮田登《のぼる》氏は『江戸のはやり神』で、江戸時代を中心に時々の世相を背景として現れた民間信仰の神々を紹介し、その誕生の経緯を考察している。

日本では昔から小さな神が生まれては消え、時には定着してきた。

道玄坂地蔵尊は好例だが、近所の女たちが拝みはじめた頃の於岩稲荷も流行神《はやりがみ》だったと言えよう。

最近では、吉田悠軌《ゆうき》氏が『ムー』（二〇一八年二月号）誌上で取り上げた「ソフィア稲荷」が典型的な流行神として挙げられる。これは上智大学の四谷キャンパス三号館に設置されていた鳥居と一対の白狐について学内新聞『上智新聞』が二〇一七年一月一日付けの紙上で取り上げた後に、ＳＮＳで情報が広まり、急速に知られるようになったものだ。

　ソフィア稲荷という呼称も、情報が拡散する過程で誰かによって付けられたのだという。

　たまたま壁の一部が棚のようになったデッドスペースがあり、話題になる二年あまり前に、とある事務員が好意で花を飾りはじめたところ、いつからか起き上がり小法師《こぼし》も置かれるようになり、二〇一六年の秋頃に、何者かによって小さな鳥居と白狐が加わった。

　次いで鳥居の前に賽銭《さいせん》が積まれはじめると、大学の管財グループが「窃盗に類する犯罪が生まれかねない」として問題視。年明け十日の撤去を告知する張り紙を掲示したので、『上智新聞』が記事にしたのである。一部では「カトリック系の大学に神道の鳥居があるのはもってのほか」と大学側が主張したかのような噂も流れたが、事実は異なるのだ。

　こうしてソフィア稲荷は撤去されてしまったが、今日もどこかで流行神が誕生しているかもしれず、中には於岩稲荷のように長くドラマティックな運命を辿る神さまもいるかもしれない。


　本書を書くにあたり、「四谷怪談」の世界を彷徨《さまよ》って、さまざまなお岩さまを見てきた。『東海道四谷怪談』や『四ッ谷雑談集』のお岩さまが味わったような苦労や悲劇、恋愛や夫婦関係に待ち受ける困難、貧しさゆえの悩みは、いつの世も絶えないものだと思う。

　しかし、於岩稲荷田宮神社や陽運寺のお岩さまが今に伝える、夫婦円満や家が豊かになる喜び、地道な努力が実を結んだときの嬉しさも、また同じように普遍的なものだ。

この普遍性こそが、私が誰しも心の中にお岩さまを抱き得ると確信する所以《ゆえん》である。

幼い頃から私の中には、外形のみを要素とする単純な怖いお化けのお岩さまが隠れていた。そのお岩さまは、今、五十路《いそじ》の私が想う複雑で大きなお岩さま像に内包されている。歳を重ねるごとに、私のお岩さまは成長していくのだろう。

今回収録した実話怪談のインタビュイーさんたちや、講談師の一龍齋貞寿さんと一龍斎貞鏡さん、そして於岩稲荷田宮神社禰宜・栗岩英雄さんと、長徳山妙行寺住職・松村観宗さんの心にも、それぞれのお岩さまが息づいているように思われた。貴重なお話を傾聴させていただいた方々に深く感謝を捧げる。

怪異の体験者さんのみならず、荒木町の志賀信也さんと塩見文枝さんからも界隈の風土を知る上で重要なお話を伺い、仲介の労も取っていただいた。この場を借りて厚くお礼を申し述べたい。

資料として参照した書籍や論考を著した研究者や作家の皆さまにも、敬意を表しつつ御礼申し上げる。書名と筆名を本文中に明記するように心がけた。読み込みながら、先達の仕事に対する誠実さと真摯な姿勢に何度も胸を打たれた。かく在りたいものだ。

最後に、講談社エディトリアルのFさん、本書の企画と章立ての基礎を発案し、資料蒐集や取材にも一方ならぬご尽力をいただいて、誠にありがとうございました。

二〇二三年二月二十二日　田宮お岩さまの祥月命日に

川奈　まり子

参考書籍・参考資料（出来年順）

『兼山麗沢秘策』第三巻　室鳩巣・青地兼山（著）　青地麗沢（編）　書写年不明　早稲田大学図書館蔵
『戯作者小伝』岩本活東子　書写年不明　早稲田大学図書館蔵
『春錦亭柳桜口演　四谷怪談』一二三館　1896　国会図書館デジタルコレクション蔵
『東京伝説めぐり』戸川幸夫　駿河台書房　1952
『東海道四谷怪談』鶴屋南北（著）　河竹繁俊（著）　岩波文庫　1956
『三田村鳶魚全集　第十八巻　四谷怪談の虚実』中央公論社　1976
『新潮日本古典集成　東海道四谷怪談』郡司正勝　1981
『都風俗化粧伝　東洋文庫414』佐山半七丸（著）　速水春暁斎（画）　平凡社　1982
『日本書紀（上）全現代語訳』宇治谷孟（翻訳）　講談社学術文庫　1988
『古今東西落語家事典』諸芸懇話会（編）　大阪芸能懇話会（編）　平凡社　1989
『鶴屋南北論集』鶴屋南北研究会（編）　国書刊行会　1990
『日本怪談集　江戸編』高田衛　河出文庫　1992
『三くだり半と縁切寺　江戸の離婚を読みなおす』高木侃　講談社現代新書　1992
『江戸の下層社会』塩見鮮一郎（著）　朝野新聞（編）　明石書店　1993
『江戸のはやり神』宮田登　筑摩書房　1993
『幽霊お岩　忠臣蔵と四谷怪談』藤原成一　青弓社　1996
『四谷怪談は面白い』横山泰子　平凡社　1997
『四谷怪談360年目の真実』釣洋一　於岩稲荷田宮神社祭神三百六十年忌記念事業出版会　1997
『検証・四谷怪談』永久保貴一　ソノラマコミック文庫　2000
『一龍齋貞水の歴史講談（1）恐怖の怪談』一龍齋貞水（編）　フレーベル館　2000
『嗤う伊右衛門』京極夏彦　角川文庫　2001
『お岩と伊右衛門「四谷怪談」の深層』高田衛　洋泉社　2002
『四谷怪談　祟りの正体』小池壮彦　学研プラス　2002
『四谷怪談（CD5巻組）』一龍齋貞水　日本クラウン　2004
『四谷怪談（DVD）』一龍齋貞水　河崎孝史（協力）　影向社（制作）　日本クラウン　2005
『落語の年輪　江戸・明治篇』暉峻康隆　河出文庫　2007
『巷談　本牧亭』安藤鶴夫　河出文庫　2008
『新釈四谷怪談』小林恭二　集英社新書　2008
『四谷怪談地誌』塩見鮮一郎　河出書房新社　2008
『新版　古事記　現代語訳付き』中村啓信（翻訳）　角川ソフィア文庫　2009
《日本唯一の講談の定席「本牧亭」が閉館　154年の歴史に幕》上野経済新聞（WEB版）　2011/9/13（2023年4月14日閲覧）
『やっぱり宮部みゆきの怪談が大好き（別冊歴史読本53）』新人物往来社　2011
『実録　四谷怪談　現代語訳『四ッ谷雑談集』』横山泰子（著）　広坂朋信（翻訳）　白澤社　2013
『喰女―クイメ―（映画）』三池崇史（監督）　東映　2014
『浮世絵にみる江戸美人のよそおい　ポーラ文化研究所コレクション』村田孝子　ポーラ文化研究所　2016
《東京貧民窟をゆく～四谷鮫河橋》（01・02）黒沢永紀　GOOブログ　2016（2023年4月14日閲覧）
『日本の伝説　江戸東京』藤沢衛彦　河出書房新社　2018
『ムー』（二〇一八年二月号）ムー編集部　ワン・パブリッシング　2018
『東西怪奇実話　日本怪奇実話集　亡者会』東雅夫（編）　東京創元社　2020
『性からよむ江戸時代――生活の現場から』沢山美果子　岩波新書　2020
『江戸の給与明細』安藤優一郎　エムディエヌコーポレーション　2022
『江戸の残映　綺堂怪奇随筆選』岡本綺堂（著）　東雅夫（編）　白澤社・現代書館　2022
『癒しと共生の系譜―江戸時代の感染症対応』並松信久　京都産業大学日本文化研究所　2022
《歌舞伎オンデマンド　片岡仁左衛門・坂東玉三郎　出演作品一挙配信のお知らせ》歌舞伎美人（WEB版）　2022/3/1（2023年4月14日閲覧）
『新宿怪談』吉田悠軌　竹書房怪談文庫　2022

川奈まり子（かわな・まりこ）

作家・奇譚蒐集家

東京都八王子市出身。ルポルタージュ的手法で怪異の体験者と場所を取材し、これまでに5000件以上の怪異体験談を蒐集。近年は怪談の語り手としても活動。日本推理作家協会会員。怪異怪談研究会会員。「実話奇譚」シリーズ、「一〇八怪談」シリーズ、「八王子怪談」シリーズ（竹書房）、「奇譚」シリーズ、「家怪」（晶文社）など怪談、小説の著書多数。

▶https://twitter.com/MarikoKawana
▶https://www.facebook.com/marikokawana
▶【川奈怪談】川奈まり子の怪談夢語り
https://youtube.com/@KawanaKwaidan

眠《ねむ》れなくなる怪談《かいだん》沼《ぬま》
実話《じつわ》四谷《よつや》怪談《かいだん》

二〇二三年五月十六日　第一刷発行

著者　川奈《かわな》まり子《こ》
発行者　鈴木章一
発行所　株式会社　講談社
〒112-8001　東京都文京区音羽2-12-21
販売　03-5395-3606
業務　03-5395-3615

編集　株式会社　講談社エディトリアル
代表　堺　公江
〒112-0013
東京都文京区音羽1-17-18　護国寺SIAビル　6F
編集部　03-5319-2171

印刷所　株式会社　新藤慶昌堂
製本所　株式会社　国宝社

ISBN978-4-06-531678-8

KODANSHA